人だろうって気になっていたんだって。それで、車の色や女の人の特徴から、一緒にいたのは城野さんじゃないかってことがわかったのよ。

　きれいな人はどこにいても、見られているものなのね。

　社内じゃ今、この噂で持ちきりよ。みんな、口を開くきっかけを待っていたのね。おかしいと気付いたことがあっても、すぐに警察に証言するわけじゃないってこともよくわかった。

　牧田さんもうちの会社の人に、そういえば金曜日の晩……、という感じで、軽い世間話のように話して様子を窺《うかが》って、それは警察に話した方がいいんじゃないかという雰囲気になったから、翌日、警察に電話をしたそうよ。

　確かに、ものすごく重要な目撃証言よね。

　一次会で帰ることにした典子さんと城野さんはいったん会社に戻った。

　城野さんは会社の駐車場に車を停《と》めたまま〈水車小屋〉に行っていたからだろうし、典子さんも〈水車小屋〉から駅に向かう途中に会社があるんだから、立ち寄ったとしてもおかしくはない。

　そして、二人は城野さんの車に乗って、会社を後にした。

　なぜ、典子さんが城野さんの車に乗ったのかは疑問だけど、城野さんなら何とでも誘うことができるはずよ。体調が悪いっていう典子さんを、駅まで送ってあげると言って、

車に乗せることもできるでしょう？　徒歩十五分なんて、結構な距離だもの。

でも、向かったのはしぐれ谷。

典子さんを殺すために？　ああ、ヤダヤダ。

殺すところはひとまず省いて、その後、城野さんはどうしたか。

なんと、城野さんの車は駅前通りに路上駐車されていて、土曜日の早朝にレッカー移動されていたの。しかも、助手席のシートの下から典子さんの財布がでてきたそうよ。

典子さんのバッグはファスナーがついていたと思うから、弾みで落ちたとは考えられないし、二人が車内で争っていた証拠になるのかしらね。

典子さんも、相手が城野さんなら、まったく無抵抗ってことはないでしょう。

取りあえず、車は見つかった。では、城野さんはいったいどこに。

目撃証言は一つだけじゃないのよ。みんな、一人目の証言者になるのはイヤだけど、二人目以降なら気にならないみたいね。たいして役に立たない情報がどんどん寄せられるようになったみたい。

そんな中で、城野さんに関する重要な証言をしたのは、うちの部署の小沢《おざわ》さんっていう男の人よ。典子さんや城野さんと同期なの。

彼も一次会で帰った一人なんだけど、課長にしこたま飲まされて、足元がふらふらだったから、酔い醒ましに駅前のコーヒーショップに入ったらしいの。へべれけになって

帰ると、新婚の奥さんに怒られるんだって。

二階の窓から駅を見下ろせるカウンター席に座って、アイスキャラメルマキアートを飲みながら、気が付くと、突っ伏して寝ていたみたい。ハッと目が覚めて時計を見ると十時すぎ。一次会で帰る約束を奥さんとしていたものだから、これはヤバいって立ち上がろうとしたところ、ふと外を見ると、城野さんが駅に向かって猛ダッシュで駆け込んでいくのが見えたんだって。大きめのカバンを両手で抱えていたそうよ。

月曜日に出社すると、ホワイトボードの城野さんの欄が長期休暇になっていたから、なるほどなって納得していたみたい。

すごい情報でしょ。

これらをまとめると、一次会のあと、城野さんは会社の駐車場に停めてある自分の車に典子さんを乗せて、しぐれ谷に向かい、典子さんを殺して火を付けて、車で駅前まで戻って、車を乗り捨てて、電車で逃走したことになるわね。

大きな荷物を持っていたということは、最初から逃走するつもりで、やっぱり計画的な犯行だった。

城野さんのお母さんが危篤っていうのも嘘《うそ》で、実家には戻っていないそうよ。

ここまで揃うと、城野さんが重要参考人として全国に指名手配されるのも時間の問題ね。みっちゃんなんか、わたしの観察眼はすごいでしょって、得意顔よ。

何？　会社からしぐれ谷までの時間？　車で三十分よ。車道から雑木林まで？　歩いて十分くらいかな。

言いたいことはわかってるわよ。目撃証言のあった八時半すぎから十時までは約一時間半。移動距離を往復分引くと、犯行に使える時間はたったの十分しかない。全身を十箇所以上も刺して、灯油をかけて火を付けるには、時間が足りないんじゃないか、でしょ？

これは社内でも議論になった。共犯説をあげる人もいたもの。城野さんは典子さんを自分の車に誘い、しぐれ谷に送り届けただけで、殺害した主犯は別にいるんじゃないかって。それだと、時間について納得できるでしょ。

城野さんは典子さんを連れてきて欲しいと頼まれて引き受けたけれど、頼んだ人物がまさか典子さんを殺そうと計画していたとは知らなかったんじゃないか、っていう意見もある。みんな、城野さんと殺人が結びつかないみたい。

城野さんは頼まれたらイヤとは言えない性格だし、自動車通勤をしているし、しぐれ谷方面に住んでいるし、うまく利用されてしまったんだろう。嘘をついて会社を休んで行方をくらましているのは、自分も共犯で捕まることを恐れているんだろう。そういった、わりと同情的な声の方が大きいの。

もちろん、噂はそんなところだけじゃ終わらないわよ。

やっぱり、主犯は誰か気になるでしょう。

で、一番疑われているのは篠山係長なの。

金曜日の晩、一次会で帰ったし、やっぱり、典子さんとつき合っていたみたい。仲のいい人たちに自分でそう言って、自慢していたんだって。でも、二人が一緒にいるところを見たことある人は一人もいないの。

篠山係長のことをよく思っていない人たちは、典子さんに一方的に思いを寄せているうちに、つき合っているような妄想に取り付かれたんじゃないか、とも言ってる。妄想が高じて、殺人にまで至ったのかもしれないって。

篠山係長は口が悪いから、同期や年下の男性社員からは嫌われているのよ。今回、それがよくわかった。

篠山係長と城野さんがつき合っていたという噂はみっちゃん以外からは聞かないけれど、城野さんが篠山係長に思いを寄せていることは、ほとんどの人たちが今まで口には出さなかっただけで、気付いていたみたい。だから、篠山係長に頼まれたら、城野さんも引き受けるだろうって。

篠山係長？

それがね、毎日出社しているのよ。確かに、典子さんが殺されて、ものすごく沈みこんだ様子ではいるけれど、仕事は普通にしているし、噂も耳に入っているはずなのに、

怒って否定するわけでもなく、まるっきり無視を決め込んでいるの。

本当に殺人犯なら、そんな態度取れないよね。でも、ニュースで、被害者と同じマンションに住んでいた人が普通に、怖いですね、なんてインタビューで答えていて、後日、その人が逮捕されることもあるじゃない。でも、会社を休んだりした方が疑われるかな。まあ、本当に怪しかったら、今頃もう、警察が重要参考人として連れていってるよね。

みっちゃんは変わらず、城野さん犯人説を主張している。

しぐれ谷まで車で三十分っていうのは、あくまで法定速度を守った場合で、あの道は夜はすいているから、飛ばせば十五分から二十分で到着するっていうのよ。

城野さんはおとなしそうに見えて、実は、かなりの飛ばし屋だったみたい。みっちゃんは「しぐれ谷ウォーク」の前に、城野さんに車で下見に連れていってもらったことがあるらしいんだけど、そのときも、時速八十キロ以上出していたんだって。みっちゃんが、スピード違反で捕まっちゃいますよ、って言ったら、大丈夫、このルートなら警察がどこで張っているかわかってるもの、って余裕な感じで答えていたそうよ。

それに、小沢さんが証言する十時すぎだって、十時二十分くらいまでならそう表現できるだろうから、犯行に使用する時間は十分にあっただろうって、譲らないの。

実際、小沢さん、何分だったか聞かれるごとに自信がなくなっていくみたいで、正確な時間はわからないままなの。

やっぱり、城野さんの単独犯なのかな。

どちらにしても、典子さんを殺した犯人が同じ部署にいるかもしれないというのが、わたしには信じられない。もし別に犯人がいて、その人が逮捕されたら、会社の人たちみんな、城野さんや篠山係長にどんな態度をとるんだろう。わたしは噂話を聞いてはいるけど、自分からは何も言わないようにしているから、後ろめたいことはないけど。

でも、外部の人に知られなきゃ、笑い話で済むのかな。ごめんごめん、今度何か奢るよってかんじで、間違いを訂正できるもの。

だから、毎回言ってるけど、ネット上に公表しちゃダメよ。

典子さんの写真が公表された途端、ファンクラブができるようなおかしな世界なんだから。事件の名称だって、新聞やテレビでは「しぐれ谷ＯＬ殺害事件」なのに、「白《しら》ゆき姫殺人事件」って勝手に名前を変えて、典子さんのこと「ミス白ゆき」とか「白ゆき姫」とか呼んでいるし。

ミスコンじゃないわよ。『白ゆき』は米粉《こめこ》を使った洗顔用石けんで、うちの会社、〈日の出化粧品〉の看板商品なの。通販化粧品の洗顔部門で去年、一位になったのよ。これであなたも白ゆき肌、ってＣＭでもやってるじゃない。

ネットのニュースに会社名が出たでしょ。それで検索をしたら、『白ゆき』がどーんと出て、このコピーが流れるから、誰かがおもしろがってそう名付けたんじゃないの？

まさか、あんたじゃないでしょうね。違う？　まあ、取りあえず、信じてあげる。

でも、白ゆき姫とは確かに、色白で長い黒髪の典子さんにぴったり。社内でも、ＣＭに中途半端な女優を使うより典子さんが出ればいいのに、なんて言われていたし、実際、そういう企画も上がったことがあるの。典子さんが断ったけど。出ていたら、事件も今以上の騒ぎになっていたでしょうね。

その上、容疑者に一番近い人の名前が「美姫」っていうのは、なんとも皮肉な話よね。「城野」という苗字も、お城の城と野原の野だから、「城野美姫」イコール、お城の美しいお姫さま、なんて名前全体が童話の世界っぽいでしょ。「白ゆき姫」が容疑者を表す言葉として使われないように祈るばかりだわ。

ああ、よかった、わたし、普通の名前で。

じゃあ、こっちに来る日にちが決まったら、連絡して。わたしから事件のことを全部聞き尽くしたって、まだ満足しているわけじゃないでしょう。

そういうこと。マンマローのことも知っているんだから。

約束を破ったお詫《わ》びに豆腐くらい奢ってくれてもいいんじゃない？

それじゃあ、また。


【資料１（二二三頁〜）参照】

第二章　同僚Ⅱ

〈満島栄美《みつしまえみ》〉

ここなら人目を気にせずに話せると思います。夕方からは混むけど、日中は開いていることをあまり知られていないので。

里沙子も来たがってたけど、一人ずつ話を聞きたいなんて、警察の事情聴取みたいですね。これ、わたしの会社の名刺です。

みっちゃん、は名前じゃなくて苗字からですよ。わたしも「ミキ」だとおもしろかったんですけどね。あ、どうも。

——赤星雄治《あかほしゆうじ》さん。

里沙子の元カレ、なんですよね。えっ、違うんですか？　高校時代の文芸同好会の同級生で、彼だけが書くことを職業にできたのよ、って里沙子から聞いてたから、てっきり、赤星さんのことだと思ってたんですけど、じゃあ他にも作家か何かになった人がいるんですね。

ここだけの話、誰ですか？

里沙子って、中途半端に自慢するくせに、肝心なところは教えてくれないんですよ。いない？　じゃあ、やっぱり赤星さんのことじゃないですか。週刊誌の記者は、書く仕

事、ですよ。

名刺にはフリーってあるけど、主にどの週刊誌で書いているんですか？　『週刊英《えい》知《ち》』？　知ってますよ。すごく有名な週刊誌じゃないですか。うちのお父さん、電車通勤しているんですけど、毎週買ってますもん。テレビのニュースを見ながら、わかったような辛口コメントするのを聞いて、すごいじゃん、って思うと、大概『週刊英知』からの受け売りなんですよね。

ほら去年、九州の方であった子どもの誘拐殺人事件で、誰もが、誘拐された子の父親が怪しい、って疑ったのがあったじゃないですか。父親の名前がノーベル化学賞だか、物理学賞だかをとった人と同じだったから、ネット上では「博士」とか呼んじゃって。あれも、『週刊太陽』なんかは、「博士」の生い立ちを調べて、年表まで作って、「ジキルとハイドもびっくり！　優しい父親の正体は？」なんて見だしをつけて煽《あお》っていたのに、『週刊英知』だけは、犯人は「博士」じゃないって主張していて、実際その通り別の人、母親の昔の恋人が犯人だったじゃないですか。

うちのお父さんなんて、情報番組で「博士」に謝罪しているコメンテーターを見て、ほらやっぱり俺の言った通りだろう、なんてえらそうに胸張ってたけど、俺じゃなくて『週刊英知』だろ！　ってつっこんじゃいました。まあ、あのときはわたしが『週刊太陽』を買って読んでたから、あまり強くは言えなかったんですけどね。

わたし、『週刊太陽』も結構好きなんです。テキトーで大袈裟《おおげさ》なところがおもしろくて。見だしを読むだけで笑えるのとかあるじゃないですか。あだ名もすぐにつけちゃうし、それがまたセンスいいんですよね。

すみません、一流週刊誌の記者さんに失礼なこと言っちゃって。

それに、里沙子のことも。わたし、勘違いしてました。元カレじゃなくて、今もつき合ってるんですよね。里沙子はちゃんと、「元カレ」じゃなく「彼氏」って言ってました。怒られそうだから、このこと、里沙子には内緒にしておいてくださいね。

いろんな人とこんがらがっちゃって。

わたし、恋愛相談をされやすいんですよ。特に、社内では。給湯室に呼び出されて、ナントカさんとナントカさんはどうなってるの？　とか、誰々に彼女はいるの？　とか、先輩後輩関係なく聞かれるんです。

わたしが地元っ子だからでしょうね、きっと。

この辺の、穴場的なオシャレな店をよく知ってるから、地元の友だちと食事に行ったり飲みに行ったりすると、会社で見たことある人が二人連れでいるところに、遭遇することがたまにあるんです。相手が気さくに話せる人だったら、こっちから挨拶したり、デートですか？　って冷やかしたりするんですけど、大概は、見つかる前に、ささーっと隠れてしまうことの方が多いですね。

どう見ても不倫だってわかったときなんか、目が合うと、しまった！　って思いますもん。翌日、その人に会社でばったり会うと、作り笑いして逃げちゃったり。こっちは何も悪いことしてないのに、おかしいでしょ。

向こうも無視してくれればいいのに、ぎこちなく挨拶されたり、中には、お菓子なんか持ってきてくれる人がいるんですよ。口止め料のつもりなんでしょうかね。でも、そんなことをするのは逆効果で、めざとい人は、みっちゃんって○○課長と親しかったっけ？　とか言いながら、わたしがまた何か目撃したんだなってさぐりを入れてくるんです。

先輩に問い詰められると、下手に誤魔化《ごまか》せないし、わたしが肩持つ義理もないから、見たことだけを打ち明けるんですけど、大概その日のうちに広まって、本人たちにも噂の出所がわたしだってバレちゃうんですよね。そういうのが重なるうちに、みっちゃんはゴシップ好きの情報屋、なんて勘違いされて、ホント、いい迷惑ですよ。

もしかして、里沙子も赤星さんに、会社の人のことならみっちゃんに聞いて、とか言って紹介したんじゃないですか？

――城野美姫さんについて？

そうです、城野さんはわたしのパートナーです。なんだ、だからわたしなのか。……ってことは、やっぱり「しぐれ谷ＯＬ殺害事件」の容疑者は城野さんで確定なんですね。

誤魔化さなくてもいいですよ。『週刊英知』の記者さんがこんなところまで取材に来るってことは、そういうことですもんね。

ああ、やっぱり城野さんが犯人だったのか。

それで、わたしは何から話せばいいですか？　事件の日のこと？　城野さんと典子さんとの関係？　それとも、城野さんと篠山係長との関係？

城野さんがどんな人か？　なんだ、そんなことでいいんですね。それなら……。

あれ？　簡単に、そんなこと、なんて言ってしまったけど、城野さんがどんな人か説明するのって難しいな。特徴があまりないんです。

里沙子から聞いてるかもしれませんけど、見た目は普通です。痩《や》せてもいない、太ってもいない、背が高くもない、低くもない。勝手な予想ですけど、身長一五五センチ、体重五〇キロ、ってところでしょうか。そう言っても、男の人にはピンとこないかもしれませんね。だからって、わたしの体重は言いませんよ。身長は一五二センチです。よくみんなに驚かれるんですよ。そんなに低いように見えないって。

態度がデカいからですかね？

顔も普通です。似ている芸能人？　うーん、出てきませんね。中学時代の国語の先生によく似ているんですけど、赤星さんに言ってもわかりませんよね。でもね、城野さんはブスじゃないんです。それどころか、少し意識して手を入れたらきれいになるんじゃ

ないかな、ってたまに思ってたくらい。

髪型や眉毛はやぼったい感じなんですけど、近くで見ると、色白で肌もつるつるしてきれいなんですよ。まあ、うちの女子社員はみんな標準よりは肌がきれいなはずなんですけどね。

だって、化粧品会社ですもん。しかも、自然派を謳《うた》っているし、肌が傷《いた》んでいる女子社員がいると、効果を疑われるでしょう？　『白ゆき』石けんを使っていても、みんながみんなきれいになれるわけじゃないんだから。あっ、こんなこと言ったらヤバいか。

里沙子みたいに、国立大出て、頭の良さで受かったっぽい子もいますけどね。城野さんもそっちかなあ。公立のT女子大学だから、県内じゃ偏差値はけっこう高い方だけど。

どちらにしても、入社したときからいつも一緒に典子さんがいたんじゃ、やる気なくしますよね。髪や眉の手入れをして、お化粧もばっちりしてみても、太刀打ちできる相手じゃないですもん。顔が小さくて、目が大きくて、鼻筋がすっと通ってて、フランス人の血が混ざってるって聞いたことがありますよ。

うちのお姉ちゃんが典子さんと同じ高校だったんです。

入社してすぐ、お姉ちゃんに、同じ部署にこの辺の人とは思えないようなものすごくきれいな人がいる、って言ったら、まさか三木典子？　って聞かれて驚きました。わたしは別の高校だったから知らなかったんですけど、お姉ちゃんが言うには、高校のとき

から相当きれいで有名だったみたいです。

友だちだったの？　って聞くと、あの子と関わると損するだけよ、って言われました。同い年の同性から好かれるタイプじゃなかったみたいです。まあ、わかりますよね。八割方、嫉妬なんだろうけど。

だから、わたし、城野さんがパートナーでよかったなって思ったんです。仕事も丁寧に教えてくれるし、わたしがミスしても怒らないし、ちゃんとフォローしてくれるし、ホント、この一年間、みっちりお世話になりました。

おいしいお茶の淹れ方も教えてもらいましたよ。

お湯の温度や蒸らす時間を少し意識するだけで、安いお茶っ葉でも、ものすごくおいしくなるんです。でもね、うちの課長は、外部からお客様が来たときに、そうやって城野さんが淹れたおいしいお茶を、典子さんに運ぶように指示するんだから、酷《ひど》いですよね。

「あ、城野さん、お茶淹れて。で、三木さん、ああ、典子さんの方ね、お客様にお出ししてよ」

何それ？　って思いません？　それならお茶を淹れるところから典子さんに頼め！って。こういうのも、セクハラじゃないですか？

でも、城野さん、なーんにも言わないんです。城野さんが怒ったり、愚痴を言ったり

したら、わたしも味方になって課長に抗議できたんですけど、城野さんったら、それが当たり前って顔してお茶を淹れて、典子さんあとはよろしくね、なんて、しれっと言うから、こっちは何も言えないんですよ。

課長ったら酷いですよね、なんて言えば、暗に、わたしが城野さんをブスだって言ってるようなモンでしょ。

陰口すら言わないんだから。わたしの方がヘンにストレスたまっちゃって。

城野さんって、怒らないだけじゃなく、喜怒哀楽の感情表現が薄い人なんです。大笑いするのも見たことないし、泣いてるところも見たことない。何が好きなのかもよくわからない。休みの日に映画に誘っても、その俳優さんをよく知らないから、とか言って断られるし、話題のお店のランチに誘っても、お弁当を持って来てるから、って断られるし、そういうところは、なんだかつまんない人だなって思いました。趣味なんてあるのかな。

でも、そういう人だから、逆にのめり込むとすごいのかもしれない、って今さらながらに思います。

そうです、篠山係長。

やだ、知ってるってことは、やっぱり共犯の疑いがあるってことですか？　二人がつき合ってることは、城野さんから聞いて知っていました。でも、篠山係長とつき合って

る、と言われたわけじゃないんです。

わたしは実家暮らしで、お母さんがお弁当を作ってくれるから、いつもは城野さんと一緒に食べていたんです。何年か前に、ある社員が大事な書類にソースの染みをつけて取引が無効になったことがあったらしくて、それ以来うちの会社では、食事は社外でとるか、社内でとるなら食堂か大会議室でという決まりになったんです。

食堂はいつも混んでるので、お弁当持参の人はほとんど大会議室で食べています。

いつも晩ご飯の残りものしか入っていないわたしのお弁当に比べて、城野さんのは、雑誌に出てくるような手の込んだお弁当でした。ほら、「美容にいいお弁当一週間」って特集とかあるじゃないですか。赤、黄、緑、三色の栄養がバランス良く入った、見た目もきれいなお弁当。

それを見て、わたし聞いたんです。自分一人のためによくこんなに手の込んだお弁当を作れますね、って。そうしたら、一人分じゃないかも、って含み笑いをしながら返されたんですよ。城野さんがそういう得意げな顔するのを、見たことなかったので驚きました。

相手が気になるでしょう。

この中にいるんですか？　って聞くと、さあどうかしら、なんて答えるものだから、わたし、食事中にもかかわらず、席を立って大会議室を一周したんです。そうしたらな

んと、篠山係長が同じおかずの入ったお弁当を食べているじゃないですか。もう、びっくりですよ。

篠山係長はうちの会社の独身男性の中ではかっこいい方なんです。彼女を選ぼうと思えばいくらでも選べそうなのに、どうして城野さんと？　って好奇心がガンガンに湧いてきて、城野さんを質問攻めにしました。どっちから告白したんですか？　何がきっかけだったんですか？　とかそういったことを。

でも、城野さんは、そういうのじゃないから、なんて誤魔化して。だからわたしも、成功の秘訣《ひけつ》を伝授してくださいよ、って少し聞き方を変えてみたんです。そうしたら、これですよ。

「胃袋をつかんでみたらどうかな。まずは、三日間」

今の言い方、すごく似てると思います。すみません。

城野さんが篠山係長に三日間、手料理を食べさせた、ってことですよね。まあ、納得はできます。二日続けておでんか、なんて愚痴をもらすと、おかずを取り替えっこしてくれたこともあったんですけど、おいしかったですもん。独身の男の人は、結婚を考えるとしたら、城野さんみたいな人がいいのかな、と思いました。

かなり祝福していたんですよ、わたし。

篠山係長のことも見直したくらい。女の子を外見より内面で選ぶ男の人、って仕事に

おいても信頼できそうじゃないですか。それなのに、見ちゃったんです。

篠山係長が典子さんと二人で食事しているところを。

町外れの地味な豆腐専門店でなんですけど、その頃、お姉ちゃんと一緒にダイエットしていて、豆腐料理の研究をしよう、って行ったんです。そうしたら、奥のカウンターに二人が座っていて。なんだか楽しそうに肩を寄せ合って話していたんです。ただの職場の同僚じゃない距離感でした。

わたし、そういうのを見抜く力はあるんです。特に、篠山係長ときたら、顔がデレデレとゆるみっぱなしで。

篠山、おまえもか！　って気分ですよ。

お姉ちゃんも、三木さんと一緒にいる人って他に彼女がいるんじゃないの？　なんてひと目見ただけで、篠山係長が二股かけてることに気付いたんです。同じ会社で毎日見てるとわからないけど、篠山係長から、そういうオーラが出ていたんでしょうね。

もちろん、城野さんには報告していませんよ。言えるはずないじゃないですか。

わたしが目撃したことは、典子さんにも篠山係長にもバレていなかったから、二人におかしな行動をとられることもなかったし。

そのうち、三人のあいだで話がついたんでしょうね。

しばらくして、大会議室で篠山係長を見なくなったんです。

それでも、城野さんに、最近、係長見かけませんね、なんて言ってませんよ。でも、わたしが毎日きょろきょろしていたから、気付かれたんだと思います。

あるとき、典子さんにはかなわないわ、って、こっちが何も聞かないのに、城野さん、無理するように明るく言って、お弁当を頬張ったんです。なんだか、わたしが悲しくなって泣いちゃいました。どうしてみっちゃんが泣くの？　って城野さんはおろおろしてたけど、そのとき、一緒に城野さんも泣いておけばよかったんじゃないかな。

そうしたら、ふっきれたかもしれないのに。

城野さんのお弁当、それから、さらに手の込んだものになっていったんです。

そのときは、自分一人でもっとおいしいものを食べて、どうだまいったか、って空回りな抵抗をしているのかなと思ったんですけど、今思えば、あのお弁当の豪華さは異常ですよ。おせち料理じゃないんだから。

社内の盗難事件のことは、里沙子から聞いてますか？

そうです、栗だけ残っていたアレです。城野さんのお弁当が豪華になっていったのと最初の盗難事件って、ほぼ同じ時期なんです。

あの頃から、城野さん、壊れ始めたんですよ。

城野さんが失恋したことは知っていても、盗難事件と城野さんを初めから結びつけていたわけじゃありません。ケーキや冷蔵庫のおやつが盗まれたのは、単純に食いしん坊

の人が犯人だと思っていたからです。城野さんは健康に気を遣っているのか、ダイエットしているのか、会社でお菓子を食べているところをほとんど見たことがありません。誕生日会のケーキやおみやげで一人ずつに配られたお菓子は食べていましたけどね。城野さんが自分でお菓子を持ってきたのは一度だけです。コンビニのシュークリームで、意外だなって見ていると、盗まれないようにしなきゃ、ってわたしの目の前で、袋にマジックで「毒入り」と書いたんです。

それなのに、盗まれちゃって。ものすごくがっかりしてました。そのときも、城野さんツイてないな、って同情したくらいです。

盗難事件と城野さんを結びつけるようになったのは、見ちゃったからです。

事件当初は犯人捜しをする人もいたけど、だんだんみんな飽きてきたし、あきらめムードになっていったんです。

冷蔵庫にお菓子を入れなきゃいいや、とか、盗まれても仕方ないか、とかそんなかんじです。机の引き出しに入れていた文房具がなくなるようになってからは、特にどうでもいいムードが漂うようになっていました。ほとんどが会社の備品なので、盗まれてもまたもらいにいけばいいだけですもんね。自前のかわいいメモ帳や付箋が盗まれることもあったけど、それほど貴重品ってわけじゃないし。

金額は同じでも、食べ物に被害が及ぶ方が、気味が悪いんです。

城野さんは毎朝、部署内でも一、二を争うくらい早く出社していました。わたしは早起きが苦手なんですけど、新人社員だし、パートナーが早く来ているのに重役出勤するわけにもいかないので、かなりがんばって早く出社するようにしていたんです。それでも、城野さんより早いことは、滅多にありませんでしたけどね。

ある朝出社すると、その日も二番でした。

城野さんが典子さんの机の前に立っていたんです。とっさに引き出しを閉めたように見えたから、何しているんですか？　って聞くと、書類のひな形が入ったフロッピーが必要で、昨日最後に使ったのが典子さんだったはずだから、机の上にないかと探していたの、と言われました。

特にあせっている様子もなかったし、その日は午前中に会議があって、レジュメの準備を城野さんがしないといけなかったので、何の疑問も持たなかったんです。

そうしたら、何日か経って里沙子から、典子さんのボールペンが盗まれたことを聞いて、もしかして、って思ったんです。典子さんが好きなバイオリンの兄弟デュオのオリジナルグッズで、五千円もすると知って、さらにびっくりです。

城野さんが犯人だって確信しました。

一つ合致すると、ほかにも思い当たることが浮かんできたんです。十月の誕生日会のケーキは栗嫌いの人を捜すためにモンブランだったけど、城野さんは出先から直帰して

食べなかったな、とか、「毒入り」って書いたのはフェイクだったんじゃないかな、とか。

でも、こうしてもっと酷い事件が起きて、初めて会った人に順序立てて話しているうちに、本当は違うのかもという気がしてきました。

城野さんは心が壊れてしまって盗みをするようになったのではなく、明確な意志を持ってやっていたんじゃないかって。

どんな意志？　典子さんのボールペンを盗む、っていう意志ですよ。

そのボールペンは篠山係長から典子さんへのプレゼントで、城野さんはそれを知っていた、とは考えられませんか？　もしかすると、ボールペンがきっかけで篠山係長の二股が発覚して、城野さんは振られたのかもしれない。

たとえば、城野さんが篠山係長の家でボールペンを見つけて、数日後、それを典子さんが使っていた、とか。別れる元凶となった憎いボールペンを奪ってやろうと思ったんですよ、きっと。だけど、ボールペンだけ盗んだんじゃ、自分が疑われるかもしれない。

わたしが入社する前に、女子社員だけの飲み会で、城野さん、篠山係長のことが好きだって、打ち明けたことがあったみたいなんです。

だから、疑われないように、どうでもいいものをちょこちょこ盗んでいって、みんなの関心が薄れた頃に、一番狙っていたものを盗んだんじゃないかな。

何ヶ月もかけてねちねちやるようなことじゃない、って思うかもしれませんけど、城野さんならやりかねませんよ。それに。

もしかすると、ボールペンを盗んだのも、布石かもしれない。

典子さんが殺された夜に、城野さんの車に二人が乗っていた、という目撃証言があったことは、当然知ってますよね。みんな、帰り道が同じだからとか、典子さんの体調がよくなさそうだったからとか、城野さんの車になら典子さんは何の疑いもなく乗るだろう、って言い方をしているけど、典子さんには、少なからず城野さんに、彼氏を奪ったという後ろめたい思いがあるわけじゃないですか。

そんな人の車に乗ったりしますか？　たとえ、篠山係長と城野さんが円満に別れて、城野さんと典子さんのあいだに波風が立たなかったとしても、二人きりになるのはやっぱり気まずいでしょう。でも、実はボールペンを盗んだのはわたしで典子さんに返したいの、ごめんなさい、とか言われたら、乗ると思いません？

これは長期に及ぶ、計画的な犯行なんですよ。

失恋くらいで人殺しをするか、って？　実際に、典子さん、殺されてるじゃないですか。他に誰が怪しいっていうんですか？

それに、城野さんは根に持つタイプですよ。

思い出したんですけど、わたし、城野さんが里沙子の悪口言ってるのを聞いたことが

あるんです。里沙子ったら、入社当初に、うっかり城野さんのマグカップにヒビを入れてしまったことがあって。四月の誕生日会のときだったかな。マグカップは各自で用意して、給湯室の食器棚に並べて入れてるんですけど、誕生日会のあとで、全員分のカップをわたしと里沙子で洗っていたら、里沙子、うっかり手をすべらせて洗い桶の中にカップを落としてしまったんです。そのカップはわたしので、無傷だったんですけど、洗い桶の中に入っていたカップにヒビが入ってしまって。それが城野さんのものだったんです。

白地に金色で「S」と描いてあるシンプルなデザインでした。飲み口が薄くて、なんだか高そうだったので、同じのを買って謝ろうってことになって、二人でネットで調べたんですけど、どこのブランドのものかわからなくて、結局、デパートでよく似たデザインのものを買ったんです。

城野の「S」がちょうど売り切れていたので、美姫の「M」にしました。

痛い出費でしたよ。確か、五千円で、わたしも二千円出したんです。里沙子に、みっちゃんがこんなに重いカップを使ってるせいだ、って言われて。わたしはただ、百均で買ったのを持ってきただけだったのに。まあ、でも、里沙子は一人暮らしをしているから、五千円はきついだろうな、って文句は言いませんでした。

その代わり、城野さんには一人で謝ってよ、と言いました。みっちゃんのカップのせ

いで、とも絶対に言わないで、って。まだ、城野さんとはパートナーになったばかりだったので、どんな人かもわかっていないうちから、波風を立てたくなかったんです。里沙子はその約束を守ってくれました。

里沙子は城野さんの席で謝っていたので、二人の様子が見えたんです。里沙子は、自分のミスで、って丁寧に謝っていたし、城野さんは、使い古したカップだったのに、わざわざ新しいのを買ってくれたなんて、ってかえって申し訳なさそうで、カップ代を払う、とまで言ってくれていたくらいです。

さすがに、里沙子はお金を受け取らなかったけど、そのあと、城野さんと典子さんとわたしと里沙子の四人でランチをしたときに、城野さんが奢ってくれたんです。

それで、すごくいい人だなと思ってたのに。

盗難事件が発生してから、ふた月ほど経った頃に、城野さん、信じられないことを言ったんです。しぐれ谷に向かう途中の車の中でした。城野さんとわたしは「しぐれ谷ウォーク」実行委員で、コース上に工事中のところはないかといった点検をするために、城野さんの車でしぐれ谷に行ったんです。他の実行委員の人たちとは、しぐれ谷で合流することになっていました。

車に乗ってふと、カップスタンドに見覚えのあるマグカップが入っているのに気付きました。里沙子がヒビを入れてしまったカップです。中に、キャンディが入っていまし

た。

よかったら食べて、と城野さんに言われて、ひとつもらって食べたけど、こんなに気に入ってたものだったのか、って少し申し訳ない気持ちになりました。でも、口には出さなかったんです。そうしたら、城野さんがふと言ったんです。

「このカップ、里沙ちゃんが割って、新しいのを買ってくれたのはいいんだけど、わたしに無断で、給湯室の燃えないゴミ入れに捨てていたの。あの子は頭はいいけど無神経なところがあって、少し苦手だわ。でも、里沙ちゃんに注意するのは典子さんの仕事だから、わたしが言うことではないわね」

そのときは、わたし自身が後ろめたくて、外を見ながら、なんか工事中みたいですよ、なんて誤魔化しました。捨ててもいいんじゃない？　って言ったのは、わたしの方だったので。

城野さんはそれ以上何も言わなかったけど、なんか、こういう言い方イヤじゃないですか。里沙ちゃんが割って、なんてわざわざわたしに言わなくても、お気に入りのカップだからヒビが入っても使ってるの、くらいでいいじゃないですか。

今思えば、城野さんはわたしが同調したら、もっと里沙子の悪口を言ってたんじゃないかと思います。ううん、典子さんの悪口を言いたかったんだと思います。カップにヒビが入ったのも、典子さんのせいだと思っていたかもしれません。

もしかして、篠山係長と関係のあるカップだったのかも。

そうだ、きっとそうですよ。篠山係長の名前、聡史《さとし》ですもん。

城野だから「S」だなんて、苗字のイニシャルが入ったものを、男の人なら選ぶかもしれないけど、女は名前の方にしますよね。篠山係長の家に、おそろいの「M」があったかもしれませんね。

もう、城野さん、典子さんにムカつくことだらけじゃないですか。

カップの話のあとなんて、城野さん、いきなりスピード上げて。わたしが話に乗ってこないから、それでストレス発散させたんですよ、きっと。前の車はお年寄りマークがついていて、黄色信号で停まるような超安全運転をしていたんですけど、城野さんたら、急に右折レーンに入ったんです。しぐれ谷はまだまっすぐなのにおかしいな、って思ってると、信号がかわるやいなや加速して、お年寄りの車を抜かして、直進レーンに入ったんですよ。

そのまま、スピードは落ちないし、なんだか怖くなって、城野さん、おまわりさんに捕まりますよ、と言ったら、大丈夫、張ってるところはわかってるから、って例の含み笑いを浮かべてさらに加速するし、ちょっと別人みたいでした。

それですよ、城野さんは別人になるときに、含み笑いをするんです。

きっと、典子さんを殺したときも、含み笑いを浮かべていたんじゃないかな。

わあ、なんだかあの顔を思い出しただけで、鳥肌がたってきました。ほら、見てくださいよ。

典子さんを車に誘い込んで、しぐれ谷に連れていって、滅多刺しにして、灯油をかけて、火を付けて、車をとばして駅まで戻って逃走……。

篠山係長共犯説なんか、あり得ませんよ。

そういう行動って衝動的にはできそうだけど、あの係長が、殺人の長期計画を立てられるほど、肝が据わっているとは思えませんもん。

——城野さんの単独犯ですよ。

どんな気持ちだったんだろう。もう、会社には戻ってこないつもりなのかな……。

あれ？　涙が出てきちゃった。怖いと思ってるのに、どうしてだろう。

頭の中の城野さんの含み笑いが、だんだんゆがんで泣き顔に変わっていくんです。

城野さん、かっこいい女になりたかったんじゃないかな。恋をして、好きな人のためにお弁当を作って、でも一人のときには車をびゅんびゅんとばして。そうやって、理想の自分になれているときだけ、あの顔になるのかもしれない。

そうしたら、殺すときはやっぱり、笑ってないか。

ごめんなさい。ころころと意見がかわって。

城野さんが殺人犯だってことは確定しているのに、心の中で、どこか、信じたくない

部分があるんでしょうね、きっと。

わたし、里沙子みたいに城野さんを恨んでないんです。里沙子は典子さんのパートナーだったし、あこがれて心酔しているようなところもあったから、典子さんを殺した城野さんがただただ憎い存在だと思うんですけど、わたしは城野さん寄りです。

そう言うと、ブス連合って簡単に振り分けられて、僻《ひが》んでるって取られそうだけど、わたし、自分ではそんなに悪くないと思ってるんで。

ただ、自分を城野さんの立場におくと、理解できないこともないんです。男の人って平気な顔して女を比べるでしょ。こちらは同じ土俵に上がる気なんか毛頭ないのに、知らないうちに上げられて、比べられていることもあるし。

だいたい、うちの会社、毎年、新人女子社員を各部署に二人ずつ配置する、っていうのがおかしいですよ。どっちがいいか比べてください、と言ってるようなもんでしょう。わたしなんて、里沙子がいい大学出てるから、かなりプレッシャーかかりましたもん。典子さんなんかと比べられたら、相当、性格ひん曲がってしまうはずです。

だから、悪いのは会社の制度なんですよ。

城野さんがどこに行ってしまったのかわからないけど、自殺なんておかしなことは考えないでほしいです。早く帰ってきて、自首してくれたらいいのに。わたし、城野さんが死刑にならなくてすむように、証言してもいいと思ってるんです。

記事の書き方とか、こっちからリクエストするのは失礼かもしれないけど、城野さんのことをあまり悪く書かないでください。事件のことをよく知らないうちのお姉ちゃんですら、犯人が女なら気持ちはわかる、なんて言ってるので、世の中の女の人たちに共感してもらえるような書き方をしてあげてください。

お願いしますね。

豆腐専門店の名前？　平仮名で〈だいずや〉です。

えっ、わたしが篠山係長をそこに呼び出すんですか？　里沙子に頼めばいいのに。

仕方ないですね。

係長がどんなことを言ってたか、あとでちょっと教えてくださいよ。

〈篠山聡史〉

『週刊英知』の記者だって聞いたけど、確証のないことをおもしろおかしく書き立てようって魂胆なら、今すぐ帰らせてもらう。

「博士」の事件？　九州の子ども誘拐殺人事件か。そういえば、どこか一誌だけ、無実を主張したところがあったんだっけな。そこが、あんたのところ？　だから信用しろって言いたいの？

仕方ないな。でも、俺を呼び出したのは、俺が城野美姫とつき合っていたという社内での噂を真に受けてるからじゃないのか。

勘弁してくれよ、まったく。

根も葉もない、ただの噂に決まってるだろ。それとも、何か根拠があるっていうの。弁当？　ああ、気付いてたヤツがいたのか。確かに受け取っていたけど、あれも勘弁して欲しかったよ。まったく、いい迷惑だったんだから。

受け取るようになった経緯？　ささいなことだよ。

日の出化粧品は日の出酒造の子会社でね、酒好きが高じて大手酒造メーカーに就職したものの、三年目にこっちに出向になって、米ぬか化粧品？　はあ？　って思いながらも、楽でいいか、なんてのんびりやってたら、去年、春先にいきなり『白ゆき』石けんがヒットしてね。三ヶ月ほど、寝る間もないほど忙しい日が続いたんだ。

会社に泊まりこむこともしょっちゅうあって、あのときはもう、栄養ドリンクと気力だけで動いてたんだけど、ある晩、立ちくらみを起こしてね。そのとき一緒に残業をしていたのが城野美姫で、救急車を呼びましょうか？　なんて大袈裟なことを言われたものだから、ただの栄養不足じゃないかな、って誤魔化したんだよ。

そうしたら、翌日、弁当を作ってきてくれて。わざわざ申し訳ないって言うと、実家から野菜がたくさん送られてくるから処分に困っていて、食べてもらえると助かる、な

んて言われたもんだから、こっちも受け取ることにしたんだ。最初のうちは、煮物とごはんだけみたいな弁当だったから、何の下心も感じなかったんだ。ハート形のおにぎりでも入っていたら、すぐに断ってたさ。受け渡し方法も、手紙やメッセージつき、ましてや手渡しなんかじゃなく、給湯室の冷蔵庫の二段目に入れておくだけ。食べ終わったら、からの弁当箱を同じ場所に戻しておけばいい。仕出し屋の定食を頼んでいるような感覚だったんだ。

もちろん、お礼はしたよ。

マグカップ？　いや、形に残るものはイヤだったから、チョコレートやシュークリームといったコンビニに売ってるデザートを、冷蔵庫の弁当箱の横に置いといたんだ。甘い物は大好きだって喜んでたよ。

弁当はだんだんと手の込んだ、いかにも弁当というものになっていったけど、少しずつレパートリーが増えていったんだな、と思ったくらいだったな。そこまでなったら相手の気持ちを察しないか、なんて聞かれてもさ、まあ、俺はもともと無神経なところもあるんだろうけど、あんた、学生時代に昼飯が弁当だったことがあるか？

中、高？　なら俺と同じだ。母親に作ってもらった弁当に、毎日愛情を感じていたか？　毎朝、台所のテーブルの上にハンカチで包んで置かれているのが当然だと思ってなかったか？　蓋《ふた》開けて、一品ずつ何が入っているか確認なんてしていないだろう。当

たり前のように食って、たまに嫌いなものが入っているときに、がっかりしたんじゃないのか？

それとまったく同じだよ。材料代を払おうかと提案したこともあるけど、お金を受け取るともっとちゃんとしたものを作らないといけないプレッシャーがかかるから、って断られたんだ。

受け取ってもらえるだけで幸せなの、とか言われると、こっちも、そんな気はないからもう弁当はいらない、ってはっきり言えるけど、好意を示されてもいないのに断るなんて、あとで笑いものになるだけじゃないか？

弁当はなるべく、女子社員がいないときにこっそり取りに行くことにしていたけど、たまに二、三人がくっちゃべっていることがあって。盗み聞きするつもりじゃなくても、あいつらの声は耳に入ってくるだろ。

「わたし、このあいだの飲み会のあと、いきなり誰々に、ごめん俺、彼女いるんだ、って言われちゃって。はあ、何ですか？　わたしがいつあなたのことを好きって言いました？　って気分」

「うわ、自意識過剰。あの人ってそういうところあるよね。たいしてかっこよくないのに勘違いしてるから、ちょっとこっちが親切にしてあげたら、気があるってすぐに思い込んじゃうのよ。気持ち悪い」

「目が合っただけで、その気になってたりして。ギャハハハ……」

こういう会話聞くと、明日は我が身って思うだろ。俺はその誰々と親しかったから、あとでさぐりを入れてみたんだが、給湯室にいた女から毎晩おやすみメールが届くようになったから、意を決して言ったんだって言われたぞ。

あんたも、うちの会社の女子社員から今回の事件のことを聞いているだろうが、あいつらの言うことを鵜《う》呑《の》みにしない方がいい。頭の中での創作も、誰かに語った瞬間に、真実にすり替わっているんだからな。

だけど、自意識過剰と思われてもいいから、面倒だなと思ったときにすぐ、断っておけばよかったんだ。

弁当をもらうようになってひと月くらいたった、土曜日だったかな、うちは土日が休みだから、その日は昼間、一人で映画を見に行っていたんだ。早めに外で晩飯を食って、家に帰ってきて、玄関横のポストを開けたら、なんと、肉じゃがの入ったタッパーが入っていたんだ。

メモなんかなくても、見ただけで城野美姫からだってわかるさ。さすがに、ちょっとヤバいかなって思ったよ。俺が住んでいるのは会社が独身者用に借り上げているマンションだから、住所を調べようと思えばできるだろうけど、そこまでするか？　って引くだろ。

だから、週明けに、彼女を人目につかないところに呼び出して、こういうことは……って切り出したんだ。でも、なかなか上手《うま》い言葉が出てこなくて言《い》い澱《よど》んでると、彼女の方が先に口を開いて、

「買い物に行くついでに寄らせていただいたんですけど、ご迷惑だったでしょうか」

なんて言うんだよ。まじめくさった口調で、傍《はた》から聞けば、書類でも届けたように思うんじゃないかって感じで。

確かに、迷惑はかけられていない。見返りを求められているふうでもない。そうなると、休みの日までわざわざありがとう、と言うしかないだろ。

それからは、月に二回くらいの割合で、休日にもポストの中に弁当、というよりは晩飯のおかずが届くようになった。毎週ではなかったよ。実家に帰ったりする日もあったんじゃないか。弁当と一緒に、土産物っぽい佃煮《つくだに》の瓶なんかが置かれていることもあったからな。

さあ、どこのだっけ。『モウ、一杯おかわり！』って牛の絵が描いてあった肉そぼろは旨《うま》かったから憶えてるけど。それは、神戸土産？　さすが、『週刊英知』の記者はそんなことにも詳しいんだな。

城野美姫の実家？　知らないな。

うちに上がったこと？　ないない。弁当を家に届けてくれたとき、二、三回、うちに

いたことがあったから、近所のラーメン屋とか、外で一緒に飯を食ったりはしたけど、うちにはね……。ホント、誤魔化してないから。

だって、あのタイプは一度関係持つと絶対にやっかいだろ。それに、まあ、軽く遊ぶ程度の子は何人かいたからね。

弁当をきっぱりと断ったのは、夏に入ってからだったかな。

つき合い始めたばかりの彼女と外で会ったあと、せっかくうちに上がってもらうことになったのに、ポストの中のモノを見つけちゃってさ。こっちは、入ってたらヤバいと思ってポストを開けなかったのに、彼女が、ポストからカレーの匂いがするって開けちゃったんだよ。ポストにカレー、想像してみなよ。

ハンカチで包むとか、紙袋に入れるとかしているならまだしも、カレーが入った半透明のタッパーがそのまま入ってるって、ある意味、嫌がらせだろ。

田舎からでてきた親に似たようなことをされたことがある？　ああ、その話、もっと前に聞いておきたかったよ。そうしたら、あの場で言い訳できたのに。気の利いたことが何も言えないでいると、そういう相手がいるなら帰る、って、彼女、怒って帰ってしまったんだ。

そう、三木典子だよ。

何驚いてんの。つき合っていない城野美姫とはつき合っていることになっていて、つ

き合っていた三木典子とは、俺の妄想ってことにでもなってるんだろ。だから、女子社員の話なんか真に受けるなって言ったんだ。

典子は入社してきたときから、きれいな子だなって思ってたよ。一度、食事に誘ったこともあるけど、丁重にお断りされてさ。いや、そういう断り方だったんだ。大変申し訳ございませんが……、って頭を下げられるような。社内の噂では、父親は地元の名士で、この辺りの事業主は全員、正月に挨拶に訪れる、なんて言われていたし、おいそれと近づけるような子じゃないと、あきらめていたんだ。

それが、夏前頃だったかな。

全国各地の日本酒を取り扱っている店があって、とっておきの一杯を開拓するためにそこに行ってみたいのだけど、お酒のことはあまり詳しくないので、よかったら一緒に行ってもらえませんか、って誘われたんだ。

それで、一緒に出かけたら、波長がぴったり合うことにお互い気付いてさ。俺が勧めた酒を飲んで、彼女、俺が感じたのと同じ感想を言うんだよ。

さわやかな口当たりですね、とか、そんなありきたりな言葉じゃない。口に含むと頭の中にこういう景色が浮かんでくる、という表現の仕方を彼女はしたんだ。俺もいい酒を飲むと、頭の中に映像が浮かぶもんでね。それがことごとく同じイメージなんだから、運命的なものを感じてもおかしくないだろう。

今度はワインを飲みに行こう、旨い肉を食いに行こうって、週末ごとにでかけるようになったんだ。

当然、城野美姫には、彼女ができて、他の女からの料理を受け取るのを嫌がるからもういい、とちゃんと伝えたよ。今までありがとう、ってお礼も、典子が勧めてくれたチョコレート屋の一番高い詰め合わせを買って渡したし、向こうも、係長のからだの心配をしなくてもよくなって、ホッとしました、なんて笑顔で言ってたし、何の後腐《あとくさ》れもなかったはずだ。

まあ、もともとつき合っていたわけじゃないんだから、後腐れというのもおかしいけどな。

典子は料理を届けていたのが城野美姫だと知っていたか？　知っていたよ。ちゃんと教えて欲しいって言われたから、あんたに話した通りのいきさつを、典子にも話したんだ。

城野美姫は俺の彼女が典子だって知っていたか？　知っていた。城野美姫に、彼女って典子さんですか？　って聞かれたんだ。どうしてそう思ったのかと訊《たず》ねたら、なんとなくそんな気がしたから、と言うから、否定はしなかった。

別に、怒った様子も、気落ちした様子もなかったよ。

だけど、こんな事件が起こるのなら、典子の名前を出すべきじゃなかったんだ。しか

も、俺と典子はとっくに終わってた、っていうのに。

そうだよ。去年の暮れに、俺は典子にふられたんだ。俺とつき合う前から好きなヤツがいたけど、手の届かない相手だからあきらめて俺とつき合っていたのに、そいつから告白されたって言うんだ。

社内の人間？　なわけないだろ。それなら、簡単に引き下がるもんか。バイオリニストだってさ。そこそこ有名で、アルバムも何枚か出しているらしい。

いったい俺は何だったんだって腹がたったけど、反面、こういう日が来るんじゃないかと予感を抱いていた自分もいて、ああ、やっぱりな、と思ったんだ。

ほら、昔ばなしであるだろ。天女の羽衣を隠して、天に戻れなくなった女と結婚して、しばらくは楽しく暮らすけど、ある日、隠していた羽衣を見つけられて、女は天に戻ってしまう、ってのが。あれみたいなもんだ。

俺は虚《むな》しく手を振るだけ。

よく知ってるな、って？　『白ゆき』石けんの名前が一昨年まで『はごろも』だったんだ。天にものぼる洗いごこち、なんてな。ぜんぜん売れなかったけど。ヒット商品なんて、売れていく過程を目の当《ま》たりにしていても、どんなからくりでそこまで支持されるようになったのか理解できないままだ。

皮肉なことに『白ゆき』は事件以降、さらに売れてるよ。会社が事件についての箝口《かんこう》

令《れい》を敷かないのも、これを利用して知名度を上げようって魂胆じゃないかな。

典子を殺したのが城野美姫か、って？

そうだから、あんた、俺に城野美姫のこと聞いたんじゃないの？

それで、俺は共犯説という無責任な噂を払拭《ふっしょく》するために、あんたに話したくないことまで話していたっていうのに。あんた本当に『週刊英知』の記者なのか？

そもそも、『週刊英知』だって、「博士」の事件のときはたまたま自分たちの読みが当たっただけで、他の週刊誌と同様、無責任な記事もけっこう載せているじゃないか。

確認のために聞いただけ？　何だそりゃ。

犯人は城野美姫に決まってるだろ。

表面じゃ、何の策略もありませんって顔して、手作り弁当で着々と俺に近付こうとしていたみたいに、今回の事件も、会社では典子と何食わぬ顔して仲良く接しながら、裏では殺人の計画を進めていたんだ。まったく、へびみたいな女だよ。

盗難事件との関連性？　よく知ってるな。女子社員たちがベラベラしゃべったんだろ、どうせ。俺は盗難事件の犯人も城野美姫じゃないかと思ってる。事件が起き始めた時期を考えてみても、俺が弁当をいらないと言ってしばらくしてからだ。弁当を受け取らないんだから、当然、お礼もしなくなった。

彼女には、冷蔵庫に入ってるデザートが、俺からのプレゼントのように見えていたん

じゃないだろうか。それほどに、失恋のショックは大きかったってことだ。それが徐々にエスカレートしていって、冷蔵庫からだけじゃなく、他人の引き出しからも失敬するようになってしまった。

全員正常に見える集団の中に、一人おかしな人物がまぎれていることを、うちの部署のヤツらはみんな気付いていたのに、放置してしまったんだ。むしろ、そうすることによって、モンスターを育ててしまったんだよ。

典子を焼いた灯油だって、あの送別会があった日の朝、城野美姫が通勤の途中にガソリンスタンドで買っていたことがわかったっていうじゃないか。包丁だか刃物だかで滅多刺しにするのだって正気の沙汰じゃないっていうのに、その上、火を付けるなんて、壊れているとしか言いようがない。

時間が足りないという理由で、共犯説があがってるが、そういう常軌を逸した行動は大概が一人でやるもんだろ。ましてやそれが俺だなんてとんでもない。

確かに、俺はあの日、一次会で帰ったけど、家で一人でやけ酒飲んでいただけだ。不愉快なことがあったからな。

豆腐、豆腐ってバカみたいに繰り返している女子社員がいたんだよ。炉端焼き料理をコースで予約しているのに、揚げ出し豆腐頼んでいいですか？　皆さんも揚げ出し豆腐食べませんか？　って大声で言ってるから、ちょっと皮肉ってやったんだ。

そうしたら、典子がそいつに、今度おいしい豆腐のお店に連れていってあげる、なんて言い出したんだ。ごま豆腐の揚げ出しが絶品だから、って。

俺が教えてやったんだぞ、この店は。旨いだろ、この揚げ出し豆腐。豆腐をあてに旨い酒を飲みたい、って典子が言うから、マンマローで情報を集めて探してやったんだ。俺のマン・フレは酒飲みが多いから、田舎町の隠れ家的な店でも見つけることができた。なのに、俺の方なんて見向きもしない。ケンカ別れしたわけじゃないんだから、ちょっとは愛想よくしてくれてもいいものを、別れた途端、無視だ。だからって、典子を恨んでいたわけじゃない。音楽家となんかそんなに長続きしないだろうからな。典子が戻ってくるのを待っていたわけじゃないけど、それくらいの余裕はあったということだ。

そういえば、あいつ、送別会の日、やけにめかし込んでいたけど、もしかして、バイオリニストの彼氏に会う予定だったんじゃないのか？　駅の辺りで待ち合わせをしていて、約束の時間に遅れそうだったから、城野美姫の車に乗せてもらった。

待てよ、そのバイオリニストが犯人だとは考えられないのか？

バイオリニストは典子を訪ねてこの町に遊びに来ることになっていた。

交通の便がいいとはいえないところだから、観光スポットをまわるには車があった方がいい。そこで、典子は城野美姫に車を借りることにした。二人は会社で一緒に車に乗

り、途中、バイオリニストを乗せ、城野美姫は車を降りる。城野はどこかに出かける予定で、駅で降ろしてもらったのかもしれない。城野が駅で目撃された時間を考えると、三人で喫茶店にでも行っていたとも考えられる。

その後、典子と二人きりになったバイオリニストは、典子を人気のない場所、しぐれ谷に連れていき、殺害した。動機は、そいつに他の女ができた、ってところか。もともと遊びのつもりだったのに、純粋な典子は騙《だま》されてしまったんだろうな。

俺が簡単に手を引かずに、そいつのことをちゃんと調べていれば、典子を守れたかもしれないのに……。

は？　バイオリニストの名前？　そいつの名前は忘れたけど、なんとかブラザーズっていう兄弟デュオだって言ってたな。

芹沢ブラザーズ？　そうそう、それだ。もしかして、やっぱり捜査線上にあがっているのか？

土曜日に東京でコンサート？　そんなときにこの町に来るわけがないか。

じゃあ、やっぱり、城野美姫だな。親が危篤だなんて嘘ついて会社を休んでいるし、連絡も取れなくなっているみたいだし、駅での様子もおかしかったっていうもんな。

そうだ、小沢を呼び出そう。駅前のコーヒーショップに。

何と言っても、城野美姫を最後に目撃した人物だ。

〈小沢文晃《ふみあき》〉

係長、いいんですか？　事件のことを週刊誌の記者なんかに話して。まあ、僕なんて、たいした情報提供はできませんけど。

送別会の夜、僕は酔いつぶれて、ちょうど今……赤星さんが座っている席に突っ伏して寝てしまいました。それで、ハッと目が覚めると十時を過ぎていて、やばいと思って立ち上がって外を見たところ、城野さんが大きなカバンを両手で抱えて走っていくのが見えたんです。

ほら、よく見えるでしょ。

でも、こんな席、座らなきゃよかった。僕の目撃した時間によって、城野さんの犯行が可能かどうかなんて、責任重大じゃないですか。

店の時計を見て、十時を過ぎていると認識したのは憶えているけど、それが何分だったかまでは、普通、憶えてないですよね。逆にしっかりと憶えている方が、犯行の片棒をかついでいるようじゃないですか。

早い時間を答えれば、城野さんのため。遅い時間を答えれば、城野さんを陥れようとしている人物のため。どちらにしても怪しまれますよ。

城野さんを陥れようとしている人物、ですよ。そういう可能性もありそうじゃないですか。城野さんって真面目な分、会社でも引き受けなくてもいい仕事までイヤな顔せず引き受けて、残業したり、早朝出勤したりしていたんだから。

まあ、僕も新婚旅行中の仕事を頼んだりしたんですけどね。

結婚したのは、去年の八月です。

三木典子さんと城野さんからは、部署のみんなからのお祝い以外に、同期だからって、ティーカップのセットをもらいました。二人が好きなアーティストがプロデュースしたものだって、仲良さそうに言ってましたよ。

白地に金色でト音記号とへ音記号がそれぞれ描かれている、シンプルなデザインです。飲み口が薄くて口当たりがいいから、嫁が気に入って、ほとんど毎日使っていたんですけど、こんなことが起こると、さすがにね。今は食器棚の奥に片付けてます。

そういうのもあってか、僕には城野さんが三木さんを殺したとは思えないんですよね。見た目のこととか、コンプレックスはあったかもしれないけど、仕事は城野さんの方がよくできていたし、周りもそれは認めていたんじゃないですか？

でもまあ、僕は同期というだけで、それほど二人のことをよく知っているわけじゃないし、ここで見かけた城野さんも、切羽詰まった感じに見えたしなあ。

猛ダッシュでしたよ。抱えたカバンがラグビーボールに見えたくらいに。

だから、月曜日に課長が城野さんからの電話を受けて、お母さんが危篤、と言ってるのを聞いて、なるほどなあって納得したんです。でも、それって嘘だったんでしょ？　なら、どうしてあんなに急いでいたのか、考えたんですよ。

それで、特急電車に乗るつもりだったのかも、と思ったんです。調べたら、十時二十分、大阪行きがありました。最終便です。それに、これは警察にも話したんですけど、城野さん、券売機に寄らずに、そのまま、この駅前広場から改札を抜けていったんです。

切符を事前に買っていたってことですよね。

そうなると、計画的犯行だったことになるのかな。まあ、僕が調べることじゃないんですけどね。

その電車に城野さんが乗ったとなると、僕が見かけたのは、十時二十分より前だったことになる。多分、時刻を聞かれて最初に思った、十分から十五分のあいだくらいだったんじゃないかな。

だとすると、城野さんに犯行可能か不可能か、やっぱりわかりませんね。共犯説はどうかなあ。あ、僕は係長のこと、疑っていませんよ。

やっぱり、真犯人は別にいて、城野さんが特急の最終便に乗ることも知っていて、利用した。城野さん、生きてるのかな。……なーんちゃって。

ただの推測なので、絶対に書かないでくださいよ。

【資料2・3（二三九頁〜）参照】

第三章　同級生

〈前谷《まえたに》みのり〉

週刊太陽編集部宛

最初に断っておきますが、これは抗議の手紙です。

私には日ごろ週刊誌を読む習慣はなく、『週刊太陽』三月二十五日発売の号を手に取ったのは、学生時代の友人からメールが届いたからです。ある記事について、読んでぜひ感想を聞かせてほしいということでした。

「しぐれ谷ＯＬ殺害事件」についての記事です。

この事件のことは、私もテレビや新聞などを通じて知っていました。自分と同年齢の独身女性が、刃物で十数箇所も刺され、黒こげの遺体となって雑木林の中から発見された、というニュースはとてもショッキングでした。

おまけに、テレビでしぐれ谷の映像が流れるのを見て、学生時代の友人がこの辺りに住んでいて、三年ほど前に遊びに行ったことがあるところだと思い出し、そんな恐ろしい場所で一人暮らしをしている友人のことを、心配していたところでした。

早速、『週刊太陽』を買い、該当ページを開いたところ、まず驚いたのは、被害者、三木典子さんが『白ゆき』石けんの会社に勤務していたということです。社名こそ出ていなかったけれど、〈日の出化粧品〉だということはすぐにわかりました。私の不安はますます募っていきました。

友人もまた、〈日の出化粧品〉に勤務していたからです。

社内ではきっと今大変な騒ぎになっているに違いない。彼女は大丈夫だろうか。

彼女の身を案じつつ、こんな情報まで公表していいのだろうか、と疑問を抱きました。しかし、事件についてネットで検索すると、当たり前のように会社名が出てきたので、自分のアンテナの張り方が弱かっただけかと思い直しました。事件以降、『白ゆき』の注文件数が増えているという記事も見つけ、こちらの方も大変だと心配になりました。

私は『白ゆき』を愛用しているからです。にわかファンではありません。『白ゆき』は、以前は『はごろも』という名前で売られていましたが、その頃から使っているのですから。肌の荒れやすい私に、友人が、うちの会社で作っている天然素材の石けんを使ってみて、と送ってくれたのです。

吹き出物だらけだった私の肌は、その石けんを使いだしてから、一週間もたたないうちにつるつるすべすべになりました。

もちろん、それ以降は自分ではがき注文をして購入していました。が、名前が変わり、

インパクトのあるテレビCMで突然脚光を浴び、発送まで一ヶ月かかるというはがきが届いたときだけ、友人に直接、電話で連絡をとり、一つでいいから譲ってもらえないかと頼みました。

他の石けんを使うことなど考えられなかったのです。

友人はすぐに『白ゆき』を送ってくれました。しかも、三個もです。そのうえ、忙しいはずなのにメッセージまで添えてくれていました。

――また〈なでしこ荘〉のみんなで集まりたいね！

この〈なでしこ荘〉こそ、私と友人、城野美姫さんが共に学生時代を過ごしたアパートであり、記事を読み進めるにつれ、「Sさん」という呼び名でまるで殺人犯のように扱われている城野さんが、そんな人ではないと証明することができるエピソードがいっぱい詰まっている場所なのです。

〈なでしこ荘〉はT女子大学の学生専用のアパートです。学校からは徒歩十五分、最寄り駅までは徒歩五分、となかなか便利な場所にある築三十年の鉄筋三階建てで、部屋はトイレと流しがついた六畳間でした。家賃は二万円です。地方都市とはいえ、今どきこの金額はないだろうと話す人皆に驚かれますが、いわくつきの物件というわけではありません。風呂はありませんでしたが、アパートから百メ

ートルほど離れたところに銭湯があったので、それほど不便ではありませんでした。むしろ、受験のときに泊まったホテルのような狭いユニットバスよりも、毎日広い浴槽につかれるこちらの方が何倍もいいと、好物件を見つけたような気分でした。

ただ、学校に通い始めて、多くの女子学生が家賃が十万近くもする、お洒落《しやれ》なワンルームマンションに住んでいることを知りました。入学後まもなく、私の部屋に遊びに来た子が、よくこんなところに住めるね、とあきれたように言うのを聞き、こんなところ、なのかと気付いたのです。エアコンのない、昭和を思わせる古びた部屋、といったところでしょうか。

うちが特に貧乏だったわけではありません。学校紹介の物件でしたし、我が家では一人暮らしをするのは私が初めてだったので、学生アパートとはこういうものだと思っていたのです。実際、アパートは各階八部屋の二十四室ありましたが、三分の一は空き部屋になっていました。

しかし、その分、住人たちはあまり気取ったところがなく、皆とても仲良しで、結束力があったのだと思います。引っ越してきた一週間後に、歓迎会が開かれたのですから。

その年の四月に入居したのは、私と城野さんと、もう一人、彼女のところに取材に行かれると迷惑なので、ここではMさんと仮名にしておきます、の三人でした。

私に『週刊太陽』を読むようにと連絡をくれたのは、このMさんです。

歓迎会はとてもアットホームなもので、皆で持ち寄った料理やお菓子を食べながら、自己紹介をしたあと、先輩たちから学校のことを教えてもらったり、アパートで快適に過ごすためのアドバイスを受けたりしました。

男子禁制のアパートに、隣の家に住む大家さんに見つからないように彼氏を連れ込む方法なども教えてもらいましたが、「連れ込むのはいいけど、アレのときにあまり大きな声を出さないでね。全部筒抜けだから」などと言われると、三人とも真っ赤になって俯《うつむ》くくらい、私たちは田舎者の純情な女の子でした。

特に城野さんは「アレ」の意味がわからず、セックスのことよ、と言われると、結婚前にそんなことをしてもいいんですか？　と耳まで真っ赤にしながら大真面目な顔で聞くような子で、先輩たちから天然記念物の「テンちゃん」と命名されました。城野さんが、かわいいニックネームで嬉しい、と言ったので、私もMさんもテンちゃんと呼ぶことにしました。

愛読書は『赤毛のアン』とそのシリーズ。アイドルよりもクラシックが好き、ぴらぴらの派手な服よりも天然素材の柔らかい服が好き、化粧は肌を保護するための下地だけ、パーマもカラーリングもしない、カップラーメンを食べたのは一度だけ、カップやきそばに至っては存在すら知らない——。

まさに城野さんは、テンちゃんという呼び名の通りの人でした。

以後、城野さんの人柄を想像しやすいように、テンちゃんと表記します。

『白ゆき姫を殺したのは白ゆき姫？』

『ところで、このSさん、本名は「白雪姫」を連想させる名前なのである』

こんなのこじつけもいいところです。

私とテンちゃんとMさんは歓迎会をきっかけに、すぐに仲良くなりました。

特に私とテンちゃんは同じ学部だったので、学内で会うことも多く、昼食を一緒にとることもよくありました。生活環境学部の私は生活環境学科で、テンちゃんは食物栄養学科でした。

テンちゃんはとても料理上手でした。

外食をすることはほとんどなく、朝夕は自炊をしていましたし、昼食は毎日お弁当を作っていました。田舎から届いた野菜をテンちゃんにおすそ分けすると、おいしいお惣《そう》菜《ざい》にして部屋に届けてくれました。テンちゃんに野菜が届いたときも、Mさんからおすそ分けをもらったときも、テンちゃんは私とMさんにお惣菜を分けてくれました。

多く作った日には、先輩たちにも配っていたと思います。

私は居酒屋でアルバイトをしていたので、アパートに戻るのは深夜零時をまわってい

ることが多く、そういった日は、タッパーに入れたお惣菜をポストの中に入れてくれていました。

テンちゃんの味付けは私好みで、レパートリーも多く、実家にいたときよりも健康的な生活が送れていましたし、体調のよくないときなどは、テンちゃんの料理にどれだけ救われたことか。テンちゃんは漬物も作っていたのですが、どんなに食欲がないときでも彼女の柴漬《しばづ》けがあれば、ご飯をもりもりと食べることが出来ました。

また、貧乏学生の私たちは仕送り前になると、財布の中に小銭しかないということもしょっちゅうありました。それでも何とか、田舎から送られてきた食料や冷蔵庫の中の残り物をかき集め、テンちゃんの部屋に持っていくと、おいしい料理に変えてくれ、おなかも心も満たしてくれたのです。

こんなこともありました。

木枯らしが吹き、財布の中からは小銭の音しか聞こえてこない状況で駅前を歩いていると、魚屋が軽トラックで移動販売をしていました。夕方を過ぎていたということもあり、ザルに山盛りの鰯《いわし》がたったの百円で売っていたのです。私はそれを買い、早速、テンちゃんの部屋に持って行きました。

すると、Mさんも鰯を買ってテンちゃんの部屋を訪れていました。そのうえ、テンちゃん自身も鰯を買っていたのです。考えることは皆同じかと三人で笑い合いました。

さすがにそれだけ鰯があると、テンちゃんだけにまかせるわけにはいかず、テンちゃん指導のもと、皆で料理をすることになりました。梅肉を挟んだフライとつみれ汁です。大鍋いっぱい、皿いっぱい、三人では食べきれないので、他の部屋の人たちにも配ることになりました。

「できたて料理の宅配便で〜す」

そう言って、鍋とお皿を持って各部屋をまわるのも楽しかったし、留守の人用にタッパーに入れ、「なでしこ食堂デリバリーサービス」とかわいく色鉛筆で書いたカードを添えてポストに入れておくのは、もっとドキドキしました。

テンちゃんの味付けがおいしいのはもちろんのこと、一人暮らしの身では魚料理を食べる機会もあまりないせいか、皆、本当に喜んでくれました。

おいしかった、と言われるたびに、くすっと笑いがこみあげてくるくらい幸せな気分になりました。また作ってよ、などと言われると、自分一人で作れるものなら毎日でも届けてあげたい、と思ったくらいです。

おすそ分けをするのは、料理に自信がある人にとって当たり前のことではないでしょうか？　実家の近所にもそういう人たちが数人いましたが、自分が体験して、その人たちの気持ちもよくわかりました。

友だちや先輩に配るだけでも楽しいのに、好きな人、彼氏になら毎日作ってあげたい

と思うのは、当然の感情だと思います。

それが、週刊誌の記事にされるようなことなのでしょうか?


『一緒に残業をしたのがきっかけで、弁当の差し入れをしてもらうようになったんですけど、自宅のポストの中にまで届けられるようになって、正直、とても困りました』


この証言をしただろうと思われる人に、私は一度会ったことがあります。

篠山さん、という人ですよね。


私とテンちゃんとMさんは卒業するまで〈なでしこ荘〉で仲良く過ごしました。

就職は私が地元に戻り、テンちゃんは大学のあるT県内に、Mさんは大阪へと、それぞれ離れた場所になりました。しかし、メールや電話で連絡を取り合い、就職一年目の夏には、私とMさんとでテンちゃんのところに遊びに行きました。

テンちゃんは学生時代に取得した栄養士の資格を活《い》かして〈日の出酒造〉の内定をとったのですが、卒業前ぎりぎりになって〈日の出化粧品〉の方に変えられてしまったのです。

「地方とはいえ、化粧品会社なんて派手な人ばかりかもしれない」

テンちゃんはそんな不安を口にしていましたが、迎えにきてくれたテンちゃんはとても明るい顔をしていたので、私はホッとしました。路上教習中は自転車に抜かされながら恐る恐る運転していたというテンちゃんが、車に乗ってきたことにMさんは驚いていました。

「職場ではいい人たちに囲まれて、楽しくやってるよ」

「自動車通勤をしているから、運転も上手になったんだから」

テンちゃんは私とMさんにそんなふうに言いました。

テンちゃん立派になったね、というのが二人共通の感想でした。

まずは昼食をとるために、駅の近くのおそば屋さんに入りました。

そこで、篠山さんに会ったのです。

とはいえ、篠山さんは食事を終えたところだったので、レジ前ですれ違った程度です。テンちゃんが先に、あっ！　と気付き、篠山さんが、ああ……、という感じでこちらを見て、テンちゃんに、友だち？　と訊ねたので、私たちも誰だかわからないまま挨拶をしました。それだけです。特にこれといった印象はありません。地方の会社の各課に一人、二人はいそうなタイプです。

Mさんは「せっかくの白い歯なのに、ざるそばでも食べたのか、前歯にネギがついていた」と後で言っていましたが、私にはその憶えすらありません。

それよりは、テンちゃんの顔です。真っ赤になっていたのです。席に案内されると注文もそっちのけでテンちゃんにどういう人なのかと質問をしました。職場の先輩だと、テンちゃんは答えましたが、テンちゃんがその人に恋愛感情を持っているのは隠しようのないことでした。

食事のあとで訪れたしぐれ谷で、私たちはテンちゃんを焚《た》きつけるようなことを言いました。

その前に……。しぐれ谷の描写もいかがなものでしょうか。

『家族でバーベキューをしたあとは、子どもたちは川遊びに昆虫採集、大人たちは読書をしながら昼寝でも。そんな牧歌的な雰囲気の漂う、休日の憩いの場であるT県T市の「しぐれ谷」』

確かに、観光協会の狙いはそんな感じなのでしょうが、私たちが訪れたときは夏休みの土曜日だというのに、家族連れがひと組来ているだけでした。

これだけでも「そちらの書き方が大袈裟だ」ということがよくわかります。

「テンちゃん、あの人のこと好きなんでしょ。告白しちゃえば？」

Mさんと一緒にそう言うと、最初、テンちゃんは首を横に振るばかりでした。

「会社でも、すごく人気のある人なのに、わたしのことなんか好きになってくれるはずないじゃない」

わたしのことなんか。学生の頃からのテンちゃんの口ぐせです。奥手なテンちゃんはアルバイト先などで気になる人が現れても、そう言って自分から告白することはなく、そのうち相手に彼女ができてしまい、四年間、彼氏のいない学生生活を送りました。

しかし、私が男ならテンちゃんのような子がいいと思うはずです。純粋なテンちゃんはいつも小さなことで喜んでくれました。勧めてくれたCDを、よかったよ、と言って返すとき、旅行のおみやげをあげたとき、誕生日にケーキを買ってあげたとき、つぶらな瞳をきらきらさせながら喜んでくれるのです。

ちなみに、会社で起きた盗難事件についても書いてありましたが、あれを読んだだけでも、テンちゃんが犯人ではないと言い切れます。


『翌日、栗だけがお皿に残されていたんです』


テンちゃんは栗が大好きです。

Mさんの田舎からは秋になると栗が送られてきて、それでテンちゃんはいつも甘露煮

を作ってくれました。安いワインを買ってきて、栗の甘露煮をつまみながら、私たちは夜通し恋の話などをしていたのです。

その頃のことを思い出すかのように、テンちゃんのマンションでも、私たちはワインとお菓子を用意して、恋の話で盛り上がりました。もちろん、話題の中心はテンちゃんのことで、篠山さんに得意の手料理を食べさせれば絶対にうまくいくはずだと、Mさんと一緒にアドバイスもしました。

ですから、こんな書き方をされたのは、私たちのせいのような気もして、ぜひとも誤解をとかなければならないと思っているのです。

『Sさんは料理も上手で、それを活かして社内の男性と付き合うようになった』
『だが、付き合っていたと思っていたのは、Sさんだけのようだ』

テンちゃんはちゃんと篠山さんと付き合っていました。テンちゃんの思い込みではないということを証明するために、卑猥《ひわい》なことを書いてしまうかもしれませんが、これはテンちゃんの名誉を守るためなので、悪《あ》しからず。

卒業してから一年目こそ、遠く離れたところでも会いに行ったりしていましたが、月日が経つにつれ、仕事や身近にいる人たちとの付き合いが忙しくなり、テンちゃんやM

さんと直接会うどころか、連絡をとることもだんだんと少なくなっていきました。

久しぶりに電話で連絡をとったのは、先にも書いたように、『白ゆき』を融通してもらうためにです。去年の五月の連休明けです。

石けんについては、テンちゃんが社員割引でまとめ買いしているのを分けてもらえるということで早々に片付き、私たちは近況を報告し合いました。そこで私は、篠山さんとはどうなったのかと訊ねたのです。

受話器からフフッとテンちゃんの幸せそうな笑い声がこぼれてきました。テンちゃんには心から満足しているときに出る「テンちゃんスマイル」というのがあり、受話器の向こうできっとその顔をしているに違いないと、微笑《ほほえ》ましい気分になりました。

付き合っているの？　と聞くと、そうよ、あのときのアドバイスのおかげ、と篠山さんと付き合うようになったいきさつを話してくれました。

昨年春頃から〈日の出化粧品〉では『白ゆき』が急に売れ出して忙しくなり、篠山さんは体調を崩してしまったらしく、テンちゃんが意を決して、お弁当の差し入れをしたのがきっかけだそうです。

それは記事にもあったので、篠山さんも認めていることですよね。弁当は受け取っていたけど付き合ってはいなかったって、よくもまあ、そんなことが言えるものだとあきれてしまいます。

テンちゃんは、篠山さんは喜んで受け取ってくれていると言っていました。好きな食べ物は牛肉となすび、嫌いな食べ物はししゃもとトマトだということまで私に教えてくれたくらいです。おまけに、ご飯はそのままよりもおにぎりにして欲しいと、子どものようなリクエストまでしていたそうです。弁当を受け取るのを困っている人がこんなことを言うでしょうか。

一度、篠山さんに確認してみてはいかがでしょう?

私はテンちゃんに、アレをしたのか、とも訊ねました。すると、テンちゃんは恥ずかしそうに口ごもりながらも、そういう関係になったことを私に打ち明けたのです。

テンちゃんの妄想ではありません。

彼は足の中指と薬指のあいだを舐《な》められるのが好きなのよ。

テンちゃんはそんなことまで教えてくれました。テンちゃんは篠山さんが初めての相手だったので、それをあまり疑問に感じていませんでしたが、かなりおかしな性癖だとは思いませんか? 女の足を舐めるのが好きな男というのはよく聞きますが、自分の足、それも指と指とのあいだを舐めて欲しいだなんて。しかも、中指と薬指とは。

こんなこと、作り話として思いつきますか?

篠山さんは明らかに嘘をついているのです。

そもそも、事件について冷静に考えてみてください。

『事件当夜、典子さんがSさんの車に乗っているのを見かけているが』

これについて、仮にテンちゃんが三木典子さんを車でしぐれ谷に連れて行ったとして、その後どうやって犯行に及んだというのでしょう。

『しぐれ谷のイノシシか！』

こんなたとえ方をされるとテンちゃんは世間の人たちから猛女のようなイメージを持たれてしまいます。実際のテンちゃんは、身長も体重も標準かそれより少し小さいくらいですし、体力にいたっては、ジャムの瓶の蓋も開けられないくらいひ弱だというのに。テンちゃんは高校時代、天体観測部に所属していたそうですし、大学生のときは部活動やサークルにも入らず、アルバイトも入浴剤の箱詰めという、座ったまま、まったく体力のいらない仕事をしていました。

そんなテンちゃんが、女性を一人、しぐれ谷の駐車場から雑木林に連れていく場合、考えられるのは二通りの方法です。

まずは、被害者に雑木林まで自分で歩かせる。

『ボールペンを使って、事件当夜、典子さんを呼び出したんじゃないでしょうか』

ボールペンで深夜の雑木林なんかに呼び出せますか？　しぐれ谷までは車なので何か連れてこられるとしても、そこから向かう先が雑木林なら、三木典子さんもおかしいと気付き、一緒に行かないのではないでしょうか。

無理やり引っ張っていくという考え方もあるかもしれませんが、女同士、一対一でそれは難しいのではないかと思います。三木典子さんの体型や体力がどれ程のものであったのかはわかりませんが、被害者の意識がある限り、テンちゃんが雑木林に連れて行くのは難しいということです。

では、睡眠薬などを使って被害者の意識がない状態だったらどうか。

それこそ、テンちゃんには無理です。学生時代、Mさんが酔いつぶれてアパート前の道路で寝ているのを、私とテンちゃんで見つけたことがあります。危ないからと二人で、私はMさんの腕を、テンちゃんは足を持って運ぼうとしたのですが、これは本当に大変な作業でした。

多分、この記事を書いた記者は介護などしたことがないのでしょうね。自分の意思で動けない大人を動かすということは、重労働なのです。とにかく、重いのなんの。細身

のMさんを道の端までほんの三メートルくらい動かすだけなのに、テンちゃんは二回も尻もちをついてしまいました。

テンちゃんと三木典子さんが二人で雑木林に向かうのは不可能なのです。

しかし、仮に五百歩ほど譲って、三木典子さんを雑木林に連れてこれたとしましょう。例えば、テンちゃんは星にも詳しいので、そういうことを理由にしたと仮定してです。そこからテンちゃんは刃物で三木典子さんを襲えるでしょうか。

ひ弱なテンちゃんは、刃物を振り上げても逆襲されてしまうはずです。

だとしたら、犯人は誰か。

『典子さんとはすでに別れていましたが』

篠山さんではないですか？　テンちゃんと別れて三木典子さんと付き合っていたけれど、別れたということですよね。原因はどちらにあったのでしょう。被害者はとてもきれいな人ですし、篠山さんの方が振られたんじゃないでしょうか。

それならば十分に動機はあるはずです。

逆に、テンちゃんの動機は何だと思っているのですか？

『Sさんは、実際に上司から差別的扱いを受けていたようだ』

テンちゃんとは電話で仕事の話もしましたが、こういったことはまったく聞いていません。逆に、お茶に関しては「課長がいつも褒めてくれるのよ」とテンちゃんは誇らしげに言っていたくらいです。

『毎日、豪華なお弁当を作ってあげていたのに、結局、見た目なんですかね。Sさん、ものすごく落ち込んでいました。こちらも、何度か典子さんの悪口を聞かされて、苦労したんです』

この証言も信じられません。テンちゃんは篠山さんをとられて、三木典子さんを恨んだ時期もあったかもしれない。しかし、テンちゃんはネチネチと根に持つタイプではありません。悪口なんて、一緒にいた学生時代の四年間、一度もテンちゃんの口から聞いたことがなかったのですから。

アパートの住人は基本的に皆、仲良しでしたが、後から入ってくる子の中には、共同の洗濯機の中にいつまでも洗濯物を入れたままにする子もいたし、毎晩のように彼氏を連れ込んで、ひと晩じゅう盛り上がる子もいました。そういう人たちについて、私とM

さんは悪口を言ったり、直接注意をしに行くことがあったけれど、テンちゃんが文句を言うことは一度もありませんでした。

　そもそも、テンちゃんは失恋を理由に人殺しをするような激しさを持ち合わせていません。テンちゃんはそういった場合、うちに籠《こ》もるタイプです。学生の頃も失恋すると、わたしに恋愛は無理なのよ、などと言って、アーティストとか、現実には手の届かない人に没頭していましたから。

　ただ、テンちゃんが疑われる理由もわかります。

『Sさんは翌週明けから「母親が危篤」だと嘘をつき、会社を休んでいる』

　テンちゃんは篠山さんに犯行の片棒を担がされたのではないでしょうか。篠山さんはテンちゃんを騙し、罪をテンちゃん一人に押し付けようとしている。もしかすると、テンちゃんに不利な証言をしている人たち全員がグルになっているとは考えられませんか。

　この記事を書いた記者は、事柄を面で捉えられない人なのではないでしょうか。面の中からおもしろおかしく提示された点だけをすくい取り、こうなるとウケそうだというふざけた気分で結んでいき、まったく違う形を作り出す。そういう人物だと見抜かれ、誘導されたんじゃないですか？

グルだと書いて、別の説が思い浮かびました。

三木典子さんがテンちゃんを襲おうとしていた、とは考えられないでしょうか。テンちゃんは素直なので、しぐれ谷に連れていってほしいと頼まれれば車を出すはずですし、理由をつけられれば、疑うことなく雑木林の中までついて行くはずです。そこで襲われそうになったところ、とっさに抵抗し、はずみで相手に刃物がささってしまったのかもしれません。

やらなければやられる。テンちゃんは恐怖に駆られて、何度も相手を刺したのかもしれません。火を付けたのも、相手がその準備をしていたから、とっさにやってしまったのかもしれません。

そうだとしたら、正当防衛です。

荒唐無稽な発想だとは思います。ただ、この考えを否定しきれないのは、事件後、テンちゃんから私のもとに連絡がないからです。テンちゃんがこの事件に何らかの形で関わっているのは確かでしょう。

ただ、犯罪の片棒を担がされて行方をくらましたのだとしたら、私かMさんを頼ってくれるはずなのです。しかし、私のところにも、Mさんのところにも連絡はありません。

それは、テンちゃんが片棒ではなく、もっと重い罪を犯しているということなのでしょうか。正当防衛、事故とはいえ、テンちゃんが人を殺《あや》めるようなことをしてしまった

とすれば、テンちゃんは罪の意識に耐えかねて……。

自らの命を絶ってしまうかも！

偶然にでも『週刊太陽』を読み、自分が疑われていることをテンちゃんが知ったとすれば、ますます追い詰められ、死に急ぐのではないでしょうか。

あなた方はテンちゃんを追い詰めているのです。

以下に、テンちゃんの実家の住所を書き記します。テンちゃんの行方を捜してください。もしも、テンちゃんが最悪な状態で発見されたら、私は『週刊太陽』を訴えます。

犯罪者でもいい、テンちゃんを私のもとに返してください。

私の大切な親友を――。


〈尾崎真知子《おざきまちこ》〉・〈島田彩《しまだあや》〉


「こんにちは、尾崎真知子です。『週刊太陽』、送ってくれてありがとうございます。ちゃんと読みましたよ。ってか、卒業生名簿どうやって手に入れたんですか？」

「情報の出所は明かせないだって。笑える。いかにもマスコミって感じ。もったいぶっちゃってるけど、普通にネットで買ったんでしょ」

「売ってるの？　卒業式の後で、そういうことしないようにって先生から言われたじゃ

ん」

「誓約書を書かされても、小銭欲しさに平気で売っちゃうヤツがいるんだよね。個人情報保護法なんて名前ばっかり。情報ダダ漏れよ」

「だから最近、結婚相談所からダイレクトメールがよく届くんだ。なんであたしに彼氏がいないこと知ってるんだろうって、不思議に思ってたんだ。そっかそっか、それで城野美姫と同じクラスだった女子に、出席番号順に電話してあたしが捕まったわけね。納得、納得。でも、それならそうと最初に言ってくれたらよかったのに。ヤバそうだったから、友だち連れてきちゃったじゃないですか」

「すいません、お邪魔しちゃって。島田彩です。一回、取材って受けてみたかったんですよね。まあ、わたしのことはほっといて、始めちゃってください」

「じゃあ、まずはこれを見てください」

「マッちゃん、生徒会誌なんて持ってきたんだ。準備いい」

「だって、これを見せないわけにはいかないって。……このページです」

「三年B組いろいろランキング？　嘘！　『犯罪を起こしそうな人』第二位、城野美姫って書いてある。よく見つけたね」

「すごいでしょ。なんかね、城野美姫さんについて話を聞きたいって言われても、最初、誰のことかわかんなかったの。そんな人いたっけ？　って感じ。なんであたしのところ

に電話がかかってきたのかもよくわかんなかった。でも、地元に残ってる子もあんまりいないし、協力した方がいいのかなって取材受けることにしたけど、そうなると、何か答えなきゃいけないでしょ。三年の時の生徒会誌を開いてみたら、なんと同じクラスじゃない。で、いろいろランキングを見てたらこれがあったの」

「このランキングって意外とあなどれないよね。ほらこの『早く結婚しそうな人』ってところも第三位まで全員結婚してるし、『芸能界に入りそうな人』第二位の竹下《たけした》くんも、スカウトされて雑誌のモデルか何かしてるんでしょ」

「だとしても、びっくりよ。この項目は当たっちゃダメでしょ」

「マッちゃんも城野さんに投票した？」

「ううん。だって、同じクラスだったことを忘れてたくらいなのに」

「確かに、おとなしくて存在感薄い子だったよね。勉強はよく出来てたけど」

「彩、よく知ってるじゃん。同じクラスになったことあるの？」

「二年生のときにね。城野と島田で出席番号が近かったから、調理実習や修学旅行の班が一緒で、それで憶えてるくらいだけど」

「彩の方が詳しいんじゃん。誘ってよかった。城野さんのこと先に話したら？」

「話すようなことあるかな。わたし、あの人のこと、あんまり好きじゃなかったんだよね。真面目っていうか堅いっていうか。調理実習のときも、分担を決めているんだから

全部まかせてくれたらいいのに、肉じゃがのしょう油を目分量で入れようとしたら、ちゃんと量らなきゃダメ！って」

「注意したんだ、彩に。勇気あるなあ」

「ちょっと、変な言い方しないでよ。誤解されるでしょ。わたしは背も高いし声もデカイから、クラス内を仕切ってるように思われてたかもしれないけど、けっこう周りに気を遣ってたんだからね。城野さんにも、ごめんなさい、って謝って、ちゃんと計量スプーンを使ったんだから」

「それくらいで謝ることないのに」

「いや、なんかあの子、陰気で怖かったじゃん。F中の子たちから変な噂を聞いたこともあったし」

「何？　あたし、そんなの知らないんだけど」

「修学旅行のときにF中だった子に聞いたんだけど、城野さんって、呪いの力があるんだって」

「呪いの力？　何それ、気持ち悪い」

「中二のときに、掃除時間中、城野さんにちょっかいを出した男の子がいたんだって。サッカー部のキャプテンで、県外の強豪校からスカウトが来るくらいすごい選手だったらしいんだけど、お調子者なところもあって、雑巾を蹴ったりしていたわけ。それが運

悪く、城野さんの頭に載っちゃったの。城野さん、泣き出して。彼も謝ったんだけど、城野さんは許さないの一点張りで。そうしたら、一週間後の放課後、彼は交通事故に遭って右足を骨折したっていうの」

「うわ、呪いだ！　でも、偶然じゃないの？」

「わたしもそう思った。でも、F中の子はそうは思ってないの。城野さん、翌朝、先生が事故の報告をするのを聞きながら笑ってたんだって。知ってる？　城野さんの笑い顔」

「ううん、見たことない」

「調理実習でおいしくできると、してやったりみたいな笑い方をするの。満足な気持ちを理解できても気持ち悪いって思うのに、事故だよ。無気味じゃん。そうなると、イジメちゃおうって流れになるでしょ。でも、今度はその言い出しっぺの子が転校することになったんだって。他にも、生徒にウケたい先生が、授業中におとなしい子を見せしめみたいにからかうことってあったじゃない。それを城野さんにした先生も、鬱病《うつびょう》になって、学校休むことになったらしいよ」

「どう考えても、呪いじゃん。サッカーの彼はその後どうなったの？」

「さあ。絶対にプロになれるって、F中の子たちは言ってたけど、この辺からJリーガーが出たなんて聞いたこともないから、ダメだったんじゃない？」

「城野さんの呪いのせいで？」

「じゃない？　かなり酷いケガだったたって言ってたもん。しょう油のことを謝る気持ちもわかるでしょ」

「うんうん、謝って大正解だよ。口の中を大やけどしたり、包丁で指を切ったり、料理系の呪いをかけられていたかもしれないしね。高校のときに呪いをかけられた子っていないのかな」

「どうかなあ、聞いたことない。修学旅行の時なんかは、城野さんが呪いをかけられているんじゃないかって思うくらい、スキーで転んでいたし」

「そうだ！　思い出した。あの人、運動はダメだったよね。一学期の球技大会のときもバレーボール下手くそで、二日目の試合に出られないように、優奈《ゆうな》が城野さんの体育館シューズ、隠しちゃったもん」

「優奈って女子バレー部のキャプテンだった子？」

「そうそう」

「夏休み明けに亀山《かめやま》先生のアパートから朝帰りしてるところの写真ばら撒《ま》かれた」

「そうそうそうそう。元カレの森田《もりた》がやったんだよね。軽音部でバンドのボーカルやってた。だから、あたし、犯罪を起こしそうな人ランキング、森田に投票したんだった。ほら、第一位でしょ」

「それって本当に森田がやったのかな」

「森田は否定してたけど、あいつ以外に考えられないじゃん。振られた日の夜、優奈の家の外でギター弾きながら失恋ソング歌って、通報されたのは事実だし。他に誰がいるっていうの？」

「城野さん」

「あ……。でも、シューズのせいで試合には出られなかったけど、おかげでうちのクラス優勝したんだよ。担任が全員にジュース奢ってくれたし、城野さんも飲んでたし、ラッキーじゃん」

「そうかなあ。隠されたのがマッちゃんのシューズだったらどうよ」

「あたしはバレー上手だもん。……でも、小学生の頃、ハーモニカが超苦手で、音楽会の時に担任にハーモニカの口にセロハンテープ貼られたことがあったんだよね。あれは子ども心に傷付いたな。先生なんて死んじゃえ！　って思ったような気もする。……優奈の件も、やっぱ呪いだよ」

「でしょ？　それに城野さんって、たしか天体観測部だった気がするし、学校で星とか見た帰りに、優奈が亀山先生のアパートに出入りしているのを偶然見かけて、復讐《ふくしゅう》に使えると思ったんじゃない？」

「あれ？　彩は城野さんが直接やったと思ってる？」

「当たり前でしょ。ちょっとマッちゃん、呪いの力なんてホントに信じちゃったの？」

「そのつもりでいたんだけど。だから、しぐれ谷ってところで白ゆき姫が殺されたのも、城野さんの呪いの力じゃないかなあって。だって、城野さんに一方的に滅茶苦茶《めちゃくちゃ》にやられるのっておかしくない？　あたしならやり返す自信があるけどな。だから、白ゆき姫を実際に殺したのは、元カレとかストーカーといった男の人で、でも、そうなったのは城野さんの呪いの力だと思ったんだけど」

「城野さんが殺したんだって。白ゆき姫は刃物で刺されていたんでしょ。城野さんって包丁の使い方がものすごく上手かったんだから。肉の繊維の方向とか、魚の頭を落とす角度とか、コツをよく知ってたし。それだと一対一でもいけるんじゃない？　一発目で急所を刺して、あとは捜査を攪乱《かくらん》させるために滅多刺しにして火を付けたんだと、わたしは思う」

「彩ってば、サスペンスドラマの見すぎだよ。医者や看護師が犯人ならそういうこともあるかもしれないけど、城野さんって石けんの会社のＯＬだよ。そんな目くらましみたいなことをする必要ある？」

「しっかりしてよ、マッちゃん。記事にも、城野さんが料理上手だったことがばっちり載ってるじゃん」

「でもなあ……。優奈の写真をばら撒いたのはやっぱり森田。でも、それは城野さんの

呪いの力のせい。白ゆき姫を殺したのは城野さん以外の人。でも、それは城野さんの呪いの力のせい。そっちの方がおもしろくない？　童話の白雪姫に毒りんごを食べさせたのも、魔法使いのお妃《きさき》だったんだから」

「まあ、わたしたちはちゃんと話したし、記事をまとめるのは赤星さんだからね」

「そうだ、生徒会誌に一人ひと言書くコーナーもあるけど、城野さんがなんて書いてたかも、見ておいた方がいいよね。……あった」

「〈大学生になったら、何かいいことが起こるといいな。城野美姫〉……願いも虚しく、いいことなんか起こらなかったんだろうね、きっと」

〈江藤慎吾《えとうしんご》〉

世間を賑《にぎ》わせている「しぐれ谷ＯＬ殺害事件」の容疑者として、中学時代の同級生の名前が挙がっていることには正直驚きました。僕、マンマローをやっているんですけど、城野美姫って実名が公表されてますよね。彼女の通った小、中、高、大学名まで。

僕のところに取材に来たのは、誰かから彼女の「呪いの力」について聞いたからじゃないですか？

やっぱりそうか。あれは僕が悪かったんです。

あの頃の僕はサッカーが上手くて、かなり天狗《てんぐ》になっていました。サッカーを始めたのは小学一年生のときです。二つ年上の兄が先に地元の少年サッカーチームに入っていたので、小学生になったらそういうものだと思って、あまり深く考えずに僕も入ったんです。兄はテレビアニメの主人公に憧れて入ったんですけどね。でも、あっというまに僕の方が上手くなりました。

練習は田舎のチームにしては厳しかったんじゃないかな。当時、大学を卒業したばかりの栗田《くりた》コーチは、こっちに戻ってきてクリーニング屋で働いていたんですけど、高校時代にインターハイで準優勝の経験があるくらいの実力の持ち主で、本業そっちのけで僕たちの指導に当たってくれていましたから。

五年生と六年生のときに県大会で優勝して、六年生のときには最優秀選手にも選ばれました。中学も県内の強豪私立校から推薦の話がきたけど、栗田コーチに相談すると、自分は地元の公立中学に通い、高校で県外の強豪私立校に進んだが、そうしてよかったと思っている、と言われたので、僕も地元の中学に通うことにしたんです。

少年サッカーのメンバー全員が同じF中に進んだので、中学の大会でもわりといいところまでいけていました。ただ、やっぱり強豪私立校には勝てないんですよね。だけど僕だけは、一年生のときから県の強化選手に選ばれていたので、それほど不満ではありませんでした。それどころか、周囲からちやほやされていい気になっていたはずです。

女子からプレゼントや手紙もよくもらっていましたよ。何人から告白されたのか数えきれなかったくらいですし、手作りのお菓子なんかもよく机の中に入っていたな。

そうだ、城野のことでしたね。

彼女とは中学から一緒になって、一年生と二年生のときに同じクラスになりました。最初はまったく存在感がなかったけど、一年生のとき隣の席になったことがあって、宿題をよく写させてもらっていました。字も丁寧だし、答えもほぼ完璧だったから、席が離れてもたまに城野に頼むことはありましたね。

だから、僕としてはけっこう城野とは仲がいい気分でいたんです。もちろん、恋愛対象ではなかったけれど。何せ、地味でしたからね。三つ編みも彼女がしていると、戦争もののドラマに出てくる女子学生みたいだったな。

でも、彼女、性格はそんなに暗くありませんでしたよ。宿題を写させてもらったお礼に黒板消しを手伝ってやったのに、そのお礼にって、クッキーを作ってきてくれたこともありました。

けっこう旨かったな。

だから、あれを許してくれなかったことの方が信じられませんでした。

もう聞いているかもしれませんが……。

二年生のとき、教室の掃除をしている最中に、同じサッカー部のヤツと、雑巾を蹴っ

て狙った机の上に載せるというゲームをしていたんです。僕にとってはそんなの楽勝で、机なんてつまんねえって言うと、そいつが耳元で、次のターゲットは城野の頭の上にしないかと言ったんです。

城野に嫌がらせをしようと思ったわけではありません。ただ、二人の目の前にほうきを持って背中を向けて立っている城野がいただけです。カメみたいにゆっくりと床を掃いていました。

そんなのお安いご用だと、雑巾を蹴り上げると、帽子でもかぶせるみたいに上手く城野の頭に載りました。ヨッシャア！　と声を上げたはずです。そのまま、ゴメンゴメン、と城野の正面にまわると、あいつ、顔を真っ赤にして目に涙をためて「許さない」って言ったんです。驚きました。泣くようなことじゃないだろって。雑巾だって、蹴って多少は汚れていたけれど、窓ふき用の乾いたものでした。

城野なんかに許してもらえなくても全然構わないはずなのに、あの頃の僕は、同じ教室に自分のことを嫌いなヤツがいることがたまらなく嫌だったんです。アイドル気取りと言われればそれまでですが。あと、宿題を写させてもらえなくなるのも困るなと思って。日がかわると気持ちもかわるだろうと、翌日、朝一で、昨日はゴメン、と謝りました。

でもあいつはまた「許さない」って言ったんです。僕の目をまっすぐ見据えて。それ

からも日をかえ、場所をかえ、四、五回は謝ったかな。だけど、返事は毎回「許さない」でした。クラスのヤツらからは、もう謝らなくてもいいじゃないか、と言われましたが、僕は彼女が「許す」と言うまで、謝り続けるつもりでした。ある意味、意地になっていたんだと思います。

事故に遭ったのは、城野の頭に雑巾を載せたちょうど一週間後です。うちの中学は少し高台にあったんですけど、僕は自転車通学で、部活の後、暗くなった坂道を自転車で下っていたら、脇道から出てきた車にぶつかってしまったんです。右大腿骨《だいたいこつ》骨折、全治三ヶ月の大ケガでした。

クラスのヤツらが僕のケガを城野の「呪いの力」だと言っていることに気付いたのは、ケガが治ってからです。それまでは、城野のしの字も頭の中に浮かびませんでした。ケガのことばかりを気にしていたからです。

教室に復帰すると、クラスの様子が変わっていました。同じクラスのリーダー格だった女子が転校したり、社会の先生が鬱病になって学校を休んでいたり。どういうわけかそれらまで城野の「呪いの力」のせいになっていました。

城野自身がそういう言われ方をしているのに気付いていたかどうかは、はっきりとはわかりません。みんな、城野と距離を置いているようだったので、面と向かって言うヤツはいなかったと思います。だけど、陰でこそこそ言われていることには気付いていた

んじゃないですか？

だからといって城野がクラスのヤツらに、好かれるように媚《こ》びたり、わざとらしく明るくふるまうこともなかったですね。

一人で音楽を聴いたりしていましたよ。ジャンケンに負けた女子が、美姫ちゃん、何聴いてるの？　ってわざと親しげに近寄って、音楽を聴かせてもらったら、よくわからないクラシック曲が流れていたと言ってました。それがまた、「呪いの力」の儀式に用いられる曲だなんて揶揄《やゆ》されていましたけどね。

でも、みんな本当に「呪いの力」なんて信じていたのかな。

僕にだって嫌いなヤツはいます。そいつが不幸な目に遭えばいいのにと思ったことだってあります。そりゃあ、死ねとまでは思わないけど、失敗しろとか、振られちまえとか、風邪でもひいて休んじまえとか、そのレベルのことは誰だって思うんじゃないですか。晴れて欲しい、暖かくなって欲しい、と願うことだってある。

念じるっていうんですかね。それが、偶然の力で通じることはあるにしても、個人の意思でどうにかなるものじゃないでしょ。

まあ、みんな、そこまで深く考えずに、おもしろがって「呪いの力」なんて言ってただけだと思うんですけど。あなたは城野美姫にそんな力があったと思いますか？

せっせと弁当を作ってやり、やっと思いが通じた恋人が、自分より何倍もきれいな女

に心変わりをした。その女には日ごろから理不尽な思いをさせられている。こんなヤツいなくなればいいのに——。そう強く念じていたら、その女は誰かに殺されてしまった。あり得ないでしょう。

転校や鬱病は偶然かもしれない。というよりは、周囲が勝手にこじつけただけのような気もします。しかし、少なくとも、僕の事故は「呪いの力」ではありません。

あの日、自転車のブレーキが利かなかったんです。

僕が乗っていた自転車はロードレーサータイプで、ブレーキもワイヤーを少し引っ張れば簡単に外せるという作りになっていました。

でも、まさかそんなことをされているとは夢にも思わず、何の確認もせずに自転車に乗り、坂道を下っていったんです。日が落ちていて、車はライトを点《つ》けていたので、脇道から出てくることはわかっていたのに、ブレーキを何度握っても、思い切り握りしめても、前輪も後輪も利かずに、僕はそのまま車に突っ込んでしまったんです。

——ブレーキを外したのは城野だと思います。

彼女以外に僕を恨んでいた人物なんてまったく思い当たりませんから。

そりゃあ腹は立ちましたよ。憎いとも思いました。でも、彼女を問い詰めたり、仕返しをしようとは思わなかった。それよりは自分のコンディションを取り戻す方が大事だったし、絶対に行きたいと思っていた高校があったから、小さなことでも問題を起こし

たくなかったんです。

A高校、知ってるでしょ。日本代表の中根《なかね》選手や名倉《なぐら》選手の出身校ですし、サッカーだけでなく、あらゆるスポーツで有名選手を出しているところです。

僕はそこに合格しました。

なのに、どうして今こんな田舎町にいるんだ？　って思ってるでしょ。露骨に顔に出てる。記者ならそういうことに気をつけた方がいいと思いますよ。違う？　じゃあ……。

城野美姫のせいでプロサッカー選手になる夢を絶たれた。

僕がそう言うのを期待していたのに、名門校に受かったと言ったから、がっかりしているんですかね。僕もそう言えた方がラクだったかもしれない。

僕がプロサッカー選手になれなかったのは、僕に実力がなかったからです。

結局のところ、僕は井の中の蛙《かわず》だったんです。名門校に入れたものの、僕くらいの選手は何百人もいて、三年間一度もレギュラーにはなれなかった。右足を骨折したせいで、と言いたいところですが、足は完璧に治っていました。

その後、サッカーがそれほど強くない大学に進学して、地元に帰ってきました。

今は資格を取って不動産関係の仕事をしています。兄が東京の大学に進学したまま、あっちに就職したので、親は僕が帰ってきたことを喜んでくれています。青年団の団長も務めているし、結婚を考えている彼女もいる。決して人生に挫折したわけじゃありま

せん。

地元に帰るイコール夢破れる、と勘違いする人が多くて困るんですよね。サッカーは続けていますよ。地域のサッカークラブに所属しているし、少年サッカーのコーチもしています。こっちに帰ってきてから、栗田コーチが本当によくしてくれて。週の半分は一緒に飲んでいます。毎日楽しくやっていけてるのは、栗田コーチのおかげですよ。

城野美姫にはそういう人がいなかったのかな。

中学のときも、ずっと一人でいたわけではないんですよ。女子の一番地味なグループのヤツらと一緒に弁当を食っていましたもん。でも、親友は誰だったかと聞かれると、僕にはわかりません。

まあ、相談できる人がいれば、あんな事件、起こしていないですよね。

刃物で十数箇所滅多刺しにして、火を付けて……。彼女の心の中には計り知れない闇があった。

でもね、赤星さん、その闇を作ってしまったのは僕かもしれない。当時はあれくらいのことで怒らなくても、と思っていましたけど、大人になって考えてみれば、頭に雑巾を載せられるなんて、屈辱極まりないことですよね。雑巾がきれい汚いは関係なく、本来、頭に載せるものではない物を載せられたんです。しかも、足で蹴って。

よく、外国に行くと、日本人は平気で現地の子どもの頭をなでるけど、あれって本当はいけないことなんですよね。国によっては、頭には神様が宿っていると考えられていて、触れてもいいのはその子の親だけなはずなのに、日本人は汚い手で当たり前のようになでる。汚くはないのかもしれない。でも、穢《けが》されたと感じる。

城野も僕に「穢された」と感じたに違いありません。僕は彼女の心の中に小さな闇を作ってしまったんです。そんな小さなことでと思うかもしれないけど、中学生の頃、思春期っていうんですか？　その頃って、大人の何倍も感受性が強いし、小さなことを大袈裟に捉えたり、いつまでも胸の内にため込んだりするっていうじゃないですか。

僕も同じように何かに悩んでいたら、城野が心に受けた傷を理解してやることができたかもしれないけど、あの頃の僕にはそれは無理でした。僕が作った闇は彼女の中でどんどん成長していき、凄惨な事件を起こした。

あんなバカなことをした自分が悔やまれて仕方ありません。

城野は会社には「母親が危篤」だと伝えて休んでいるんですよね。それが嘘だということはわかっています。彼女の母親はスーパーのレジ打ちをしていて、つい昨日も見かけたばかりですから。「あら、慎吾くん、こんにちは」って感じで、娘の同級生にはいつも声をかけているんですけど、昨日もまったく同じ調子でした。

自分の娘が殺人事件の容疑者だということは知っているんでしょうか。

まあ、警察から連絡があるはずだから、知らないってことはないですよね。だとしたら、図太い神経だな。僕の母親だったら、息子が殺人事件の容疑者だなんてことになると、家から一歩も出られなくなるだろうし。

そういうところはやっぱり親子似ているのかもしれませんね。

もしかしたら、自宅にかくまっているのかもしれない。そうだとしたら城野はこの町にいるってことになりますね。でも、僕が彼女を見つけても通報はしませんよ。

僕はまだ、彼女に「許す」と言われていない。

あのときの罪滅ぼしのためにも、城野のために何かをしてあげたいと思って、この取材を受けたけど、何の役にも立ててないような気がするなあ……。

そうだ、僕のこと実名で書いてもらっても構いませんよ。中学生の頃の写真も持ってきているので、よかったら使ってください。


【資料4・5（二五七頁〜）参照】

第四章　地元住民

〈松田芳江《まつだよしえ》〉

東京から来た、週刊誌の記者さん……。ああ、お名刺ですか、どうも。アカボシ、濁らない？　アカホシさんですね。

何でまた、うちに。どういったご用件でしょう。

城野美姫さんについて？

知ってますけど、美姫ちゃんに何かあったんですか？「しぐれ谷ＯＬ殺害事件」はテレビで見ました。それが何か、美姫ちゃんと関係あるんですか？

まさか、犯人じゃあないでしょうね。

私はここを出て行ってからの美姫ちゃんについては何にも知りませんよ。お母さんとも特に親しいわけじゃありませんし。昔のことも、憶えていませんってば。

とにかく、お話しできるようなことは何にもありません。それに、今ちょっと豆を炊いているので、鍋から目が離せないんです。

すみませんが、お引き取りくださいな。

ああそうだ。この先で畑仕事をしているおじいちゃんに聞いてみたらどうですか？

〈谷村豊《たにむらゆたか》〉

ミカンじゃねえ、これはレモンの木だ。

わしとちょこっと話がしたい？　何だかわかんねえが、休憩中だから別にかまわんよ。

あんた、どこから来たんだ？　東京からかい。そりゃまた遠くから、何の用でこんなところに。

城野さんとこの美姫ちゃん？

ああ、知っとるよ。同じ永沢《ながさわ》の子だ。千原《ちはら》川の東側から明神《みょうじん》山までの一帯を永沢地区と呼ぶんだが、城野の、ありゃ分家の三男だから、この道をまっすぐ行って、二番目の角を右に曲がったところに家がある。

どんな子かって？　うちに同い年の夕子《ゆうこ》っちゅう孫がおって、小学生のときはよう遊びに来とったが、さあ、どんな子だっけな？　ちゃんと挨拶をする、おとなしい……。

おお、そうだ。うちの本棚の前におったな。夕子の小学校の入学祝いに世界児童文学全集を買ってやったんだ。嫁にそれがええって言われてな。だけど、うちの夕子は勉強嫌いで、まったく開きもせんで、美姫ちゃんばかりが、次はどれにしよう、言うて嬉しそうに選んどったなあ。そういや、一冊だけ夕子も熱心に読んどったのがあったっけ。

美姫ちゃんのおかげだ、きっと。

勉強がようできて、難しい女子大に行ったと聞いたが、夕子も美姫ちゃんとずっと仲良くしとりゃ、ちゃんと学校にも行けとったかもしれんのに。恥ずかしい話だが、夕子は気が弱《よお》うて、小学校に上がったばかりのときから、毎朝、学校に行きとうないの繰り返しで。美姫ちゃんが迎えに来てくれてやっと、もたもたと支度して、どうにかこうにか通っとったんですわ。

それなのに、六年生になった頃から、まったく外に出られんようになってしもうて。今も、ええ年になっとるのに、仕事もせずに家でゴロゴロしとるばっかりで、ホンマにこの先、どうするつもりでおるんだか。

なんで、あんなことになってしもうたんかいな。美姫ちゃんもあるときから急に、うちに来んようになったし。おかしいな、けんかでもしたんかいな……。いや、あれだ。ありゃ、美姫ちゃんとだったんか。

あの子ら大変なことを仕出かしちまってね。火事を起こしたんですわ。

こっちも嫁から聞いただけで、はっきりとしたことはわからんのだが、明神山の麓にある明神さまの祠《ほこら》の裏で、夕子と美姫ちゃんが火遊びをやってしもうて。祠は全焼、周りの木もかなり燃えて、あわや大惨事になりかけたことがあってな。二人ともごめんなさいとは言うけど、なんでそんなことをやったんかっちゅう質問には、ずっと黙ったま

んまだったらしい。

だけど、臆病者の夕子が火遊びをしようなんて思いつくはずがないし、現場にあったマッチは美姫ちゃんの父親が通うとったスナックのだったもんで、嫁は夕子が美姫ちゃんにそそのかされた言うて、かなり怒っとったな。

気の強い嫁のことだから、城野の家に文句の一つも言いに行って、それで美姫ちゃんも、朝の迎えにも、遊びにも、来てくれんようになったんじゃないか。

火事についてもっと詳しく？　そう言われても、もう十年以上昔のことになるしなあ。明神さまの祠も新しいのに建て替えられて、今じゃ、火事があったこともみんな忘れとるはずだ。

ところで、あんた、何でこんなことを聞いとるんだ？

美姫ちゃんがどうかしたんかいな。

「しぐれ谷ＯＬ殺害事件」？　さてなあ。テレビで見たような気もするが、最近は物騒な事件が多すぎて、どれがどれだかようわからん。して、どんな事件なんだ？

しぐれ谷というところにある雑木林で、ＯＬが刃物で十何箇所も刺されて、火を付けられた？　ああ、思いだしたぞ。山菜採りに出かけとった人が発見したとかで、うちのばあさんがえらい怖がってなあ。おかげで今年はばあさんが山菜採りに行かんもんだから、ちっとも食っていない。まったく迷惑な事件が起きたもんだ。

だが、その事件がいったいどうしたって言うんだ？　もしかして、殺されたOLというのが美姫ちゃんじゃあ。そうじゃない？　っちゅうことは、殺した！　ややややや……。あんた、刑事なのか？　記者？　なるほど、それでわざわざこんなとこまで来たってわけだな。だが、あんなおとなしそうな子が人殺しなんてできるんかいな。でも、待てよ。

今回も火を付けとるじゃないか。

記者さんよ、あんた、わしに聞くよりも、直接夕子に聞いてみたらどうだ。家はこの先をまっすぐ行って、最初の角を左に曲がったところだ。「谷村」っちゅう表札が出とるからすぐにわかるよ。

夕子は部屋にこもってゲームばかりしとるが、嫁かばあさんに東京から来た新聞記者だと言うたら、引っ張ってでも出してくるはずだ。わしも今から片付けて家に帰るから、夕子がゴネても待っといてくれ。

それにしてもえらいこっちゃ。美姫ちゃんが何で人殺しをしたんかはわからんが、もしかすると、明神さまの祠を燃やした祟《たた》りかもしれんなあ。

〈八塚絹子《やつかきぬこ》〉

ちょっと、ちょっと、こっちよ。

あなたでしょ。城野さんところの子を調べている、東京から来た記者さんって。私もぜひ話したいことがあるから、ちょっと寄っていきなさいよ。

急いでるって、どこに？　さっき、谷村さんところのおじいちゃんと話してたけど、もしかして、夕子ちゃんを訪ねて行こうっての？　ダメよ、あの子は。そりゃ、昔は美姫ちゃんと仲が良かったかもしれないけど、他人と話なんかできるのかしらね。もう何年も引きこもって、コミュニケーション能力ゼロなんだから。

たまにすれ違うことがあっても、まったく無視。こっちが親切に声をかけてやってるのに、挨拶もろくにしないのよ。ああ、でもね、引きこもりったって別に、仕事をしていないだけで、家から一歩も出ないというわけじゃないの。特に、川向こうにコンビニができてからは、よくレジ袋を提げて歩いてるわよ。中身はジュースとお菓子ばっかり。子どもの頃はけっこうきれいな顔してたのに、ああなったんじゃ、面影もないわね。

私が話したいのは、火事のことなのよ。

おじいちゃんに聞いた？　あの人は年のわりにはしっかりしているから。まあ、あれだけ大騒ぎになりゃ、憶えてるのが当たり前でしょうけど。

火事を発見したのは私なのよ。

どう、うちに上がる？

ちょうど、十四年前だったかしらね。あの年はうちの主人が永沢地区の区長に当たっていて。まあ、主人なんてえらそうな仕事のときだけ出て行って、こまごまとした雑用は全部私が引き受けていたんだけど。だから、あの日も春祭りの準備をするために、明神さまの祠の掃除に向かっていたのよ。

そうしたら途中、美姫ちゃんと夕子ちゃんとすれ違って。

間違いないかって？　あなた、失礼ね。うちにはあの子たちと同級生の娘がいるのよ。だから、どうして娘は一緒じゃないのかしら、とも思ったから、すれ違っただけでも、あの二人だってよく憶えてるの。そうじゃなくても、永沢の子なら顔と名前くらいなら全員わかるわ。

うちの娘は今、キャビンアテンダントをしているの。そういう花形の職業に就くくらいだから、昔から明るくて活発で、あの子たちみたいな、おとなしくて陰でこそこそ悪さをしているようなタイプとは合わなかったんでしょう。

すれ違ったときの印象？　二人でニヤニヤと顔を見合わせながら歩いていたわ。あのときはそれほど気にならなかったけど、あとになって思うと、火遊びをした興奮を隠し

きれなかったんじゃないかしら。燃え跡におかしなものも残っていたし。

明神さまの祠は明神山の麓の石段を少し上がったところにあるの。それが幸いしたのね。煙が上がっているのが遠目でも見えたのよ。他にも煙に気付いた人はいたみたいだけど、みんな、私が掃除をして落ち葉やゴミを燃やしていると勘違いしたみたい。祠の裏手には小さな焼却炉があったから。

でも、私だけはそうじゃないってわかるでしょう。携帯電話なんてあの頃は持っていなかったから、一番近くの家で電話を借りて、消防署に通報してから、そこの家の人たちと明神山に向かったの。消防車が来るまでには時間がかかるから、道中、なるべく人を集めて、祠に続く階段を、みんなでバケツリレーをして消火作業に当たったわ。

もちろん、先頭は私よ。

階段を上がりきった頃には祠に火が付いていたから、もう必死になって水をかけたの。風向きのせいで、煙も火の粉もこっちに飛んできたけど、逃げるわけにはいかなかった。だってあなた、明神さまはこの永沢地区の守り神なんだから。燃えてしまったらどんな禍《わざわい》が起こるかわからないじゃない。しかもね、火の粉といっしょに、人がたみたいな紙が飛んできたもんだから、恐ろしくて、もう必死よ。

でも、あの日は空気が乾燥していたし、風も少しあったせいで、古い祠はあっという間に燃えていった。祠の火は周りの木にも燃え移っていたけど、消防車が来たからなん

とか山火事は防げたの。落ち着いたところで、警察の現場検証にも立ち会わされたわ。

出火元は祠の裏の焼却炉。何かを燃やしたあと、蓋が開けっぱなしになっていたせいで、燃えがらが風に飛ばされて、祠に燃え移ってしまったんですって。焼却炉の中には黒くなった裁縫用のまち針が五十本くらいあって、何を燃やしたんだろうって警察が訝《いぶか》しんでいたから、その紙が飛んできたことも話したの。

あと、祠に向かう途中に美姫ちゃんと夕子ちゃんとすれ違ったことも。あの子たちを疑っていたわけじゃないのよ。家を出て火事を発見するまでの経緯を教えてくださいって言われたから、あったことをそのまま話しただけ。

でもね、石段の途中にスナック〈しらゆき〉のマッチが落ちていたというのを聞いて、やっぱり火を付けたのはあの子たちじゃないかと思ったの。たち、っていうよりは、美姫ちゃん。

あの頃、有名だったのよ。城野さんところのご主人が川向こうにあるスナック〈しらゆき〉の若い女の子に入れ揚げて、毎日通っているって。それだけじゃなく、本当かどうかはわからないけど、奥さんがその女のところに乗りこんで行ったっていう噂も聞いたことがあるわ。包丁を振り回して、「あんたなんか殺してやる」って叫んだとかどうとか。

それがね、本当にやりそうな人なのよ。永沢の鬼嫁って呼ばれるくらい、気が強いの

で有名なんだから。美姫ちゃんがおとなしいのが不思議だったくらい。色白でぽっちゃりした顔もお父さん似だったから、性格もそっちに似たんでしょうね。

奥さんは不細工なわけじゃないけど、日に焼けた、とんがった感じの顔だから、ご主人の方が色白なことにコンプレックスを持っていたんじゃないかしら。浮気相手の女は雪国出身の色白美人だったそうよ。

まあ、そんな感じで、奥さんは浮気相手の女だけじゃなく、ご主人もしょっちゅうどなりつけていたようだし、家庭内はギクシャクしていたんでしょうね、きっと。

私、人がたは美姫ちゃんが、父親の浮気相手の女に見立てて作ったものじゃないかと思うの。それにまち針をいっぱい刺して燃やすなんて、ものすごく陰湿だけど、逆に子どもにできることって、そのくらいじゃない。

もちろんこんな推測、警察どころか、誰にも話してないわ。

あの子たち、祠の裏で火を使ったことはすぐに認めたらしいのよ。だけど、何を燃やしていたのかとか、何のために明神さまの祠まで行ったのかとか、そういう質問にはいっさい答えなかったそうよ。

そりゃあ、言えないわよね。それに、かわいそうでしょう。家庭不和に心を痛めた末にやってしまったことが、大騒ぎを引き起こしてしまったんだから。真相なんか暴《あば》かれなくても、十分に反省しているはずだって、許してあげていたのに……。

あの子、「呪いの力」があるっていうじゃない。都会の人にこんなことを話しても笑われるだけかもしれないけれど、本当なのよ。

あら、知ってるの？　呪いのエピソード。

じゃあ、続きを話す前に、ちょっとお茶でも淹れなおしましょうかね。

さっきも言ったけど、うちの娘と美姫ちゃんは同級生で、小中高と一緒の学校に通っていたの。私と娘は姉妹みたいって言われるくらい仲が良くて、美姫ちゃんの学校での呪いのエピソードも、毎回、娘から教えてもらっていたのよ。

呪いだなんて、普通の親なら信じないでしょうし、そういうことを口にするものじゃないって咎《とが》めたりするかもしれないけど、私の場合、あれを見ているでしょう。純粋な子どもが追い詰められてやってしまったと思っていたことも、もしかすると呪いの儀式だったんじゃないかって気味が悪くなって。

きっと、サッカー部の男の子のケガや、先生が鬱病になったことも、あの子が人がたを作って針を刺して燃やして起こしたことじゃないかと思うの。もちろん、これは娘には話してないわ。多感な年ごろの娘がただでさえ気味悪がっているのに、それ以上あおるようなマネなんてできるはずないでしょう。

美姫ちゃんとは性格も合わなそうだし、無理して仲良くしなくてもいいんじゃない

の？　ってアドバイスをしたくらい。

　でもね、私、こうやって黙っていたことが悔しくてたまらなかったこともあったのよ。美姫ちゃんは地方とはいえ公立の女子大に受かったでしょ。あの子の本性を知らない人たちは、すごいすごいってベタ褒めするし、母親なんか鼻高々で町を歩いていたんだから。

　うちの娘は東京のJ女子短大の英文科に受かったんです！　あなたは東京の人だから、難しいところだって解ってるでしょ。だけど、田舎の人たちは、四年制の国公立っていうだけで、そっちの方がすごいって決めつけちゃって。

　まあ、確かに少しは頭もいいんでしょうけど、内面がゆがみきっている子が、うちの娘よりも賞賛されるなんて、本当のことを言いふらせたらどんなにいいだろうって、毎晩布団の中で歯ぎしりしたいほどの気持ちでいたのよ。

　でも、言わなかったわ。私が妬《ねた》んでいるって誤解されるのだけは絶対に避けたかったから。妬んでなんかいないわよ。娘の大学の方が難しいっていうことを、私はちゃんと理解しているんだから。

　それにね、大学なんか関係ないの。どんなに難しい、たとえ東大に受かったとしても、所詮、ただの通過点じゃない。大切なのは、その後、どんな職業に就くかよ。娘は小学生の頃からキャビンアテンダントになると決めていて、それを実現させたのよ。この地

区で、ううん、この町でキャビンアテンダントになった人なんか聞いたことがないから、きっと、娘が第一号のはずよ。

それに引き替え、美姫ちゃんは聞いたこともない会社に就職したじゃない。母親は〈日の出酒造〉だって自慢してたけど、よく聞くと、そこの子会社の化粧品メーカーだって言うし。化粧品ならやっぱり、デパートに入っているようなところじゃなきゃ、キャビンアテンダントと比べることもできないわよねえ。なのに……。

去年あたりから、石けんが流行《はや》り出したじゃない。みんながいいって言うから、私もためしに電話注文してみたのよ。そうしたら、品切れだなんて言われて。それならCMも流すべきじゃないでしょう。買い物に行ったら、たまたま私にその石けんをすすめてくれた人がいて、つい文句を言ったら、城野さんに頼めばいいじゃない、なんて言うのよ。

どういうこと？　って聞けばあなた、日本一売れている石けんを作っているのは、なんと美姫ちゃんの働いている会社だっていうじゃない。いらないわよ、そんなところで作っている石けんなんて。

でも、私、その頃から何となく嫌な予感がしていたの。あの子は今頃、どうしているんだろう。まだ、こっそりと呪いの儀式をしているんじゃないかしらって。

「しぐれ谷ＯＬ殺害事件」のニュースをテレビで知ったとき、被害者が刃物で何箇所も

刺されて燃やされていたっていうのを聞いて、ふいと頭に美姫ちゃんの顔が浮かんだの。でもまさかそんな予知能力的な力が私にあるはずがないし、自分をすっきりさせるためにインターネットで事件のことを検索してみたのよ。

そうしたら、被害者が『白ゆき』石けんの会社のＯＬだって書いてあるじゃない。その時点で、やっぱり犯人は美姫ちゃんだったのかって確信したわ。被害者とのあいだに何があったのかは解らないけど、子どもの頃は恨む相手の人がたを作るだけで治まっていたものが、ついに、臨界点を超えてしまって、本人に直接手を下してしまったのね。

もしかすると、人がたで試してみたけれど、思ったような呪いの効果が出なかったのかもしれない。何かの番組で聞いたことがあるけど、本物の祈禱師《きとうし》なんかでも、力が最大限に発揮できるのは子どものあいだだけっていうことが多いらしいわ。

美姫ちゃんも、一時期そういう力を持っていたとしても、今ではすっかり消えていたんでしょうよ。

この話？　もちろん、あなたにするのが初めてよ。警察に匿名で電話しようかと迷ったこともあるし、インターネットの掲示板に書いてみようかと思ったこともある。でもね、できなかったの。呪いだなんて、そんなバカげた話を真剣に聞いてもらえるとは思えなかったからっていうのもある。

それよりも、私は美姫ちゃんの本性を今まで誰にも言わなかったことに、罪悪感を抱

いているのよ。

明神さまの火事のときに推測したことを誰かに話せばよかった。娘から美姫ちゃんの呪いの話を聞いたときにでも、話すチャンスはあった。そうしていれば美姫ちゃんは、たとえばだけど、カウンセラーにかかることができて、邪悪な気持ちを取り除いてもらえたかもしれないでしょ。新しく作り直された明神さまのお札を持たせるだけでもよかったかもしれない。

あなたに話したのは、私ももう黙っておくのが苦しかったからなの。犯人は美姫ちゃんに決まっているのに、テレビでも新聞でもまったく、あの子の名前を言わないじゃない。それが、さっき、松田さんからメールが来て、東京から来た週刊誌の記者が城野美姫ちゃんのことを調べている、って書いてあるじゃない。

週刊誌って、確か、情報提供者の名前を公表してはいけない決まりになっているんでしょう？　たとえ、美姫ちゃん本人がこんなことを誰が証言したんだって聞いても、教えられない仕組みになっているのよね。

だから、私、あなたを待ち構えていたのよ。

世間の人たちがどれだけあの子を、おとなしいとか、マジメとか、人殺しをするような人じゃないとか言ってても、私が話したことこそがあの子の本性なんだから、しっかり書いてくださいよ。

それにしても、皮肉なものよね。あの子が明神さまの祠を燃やしたのはスナック〈しらゆき〉のマッチ。自分の会社で作っている商品も『白ゆき』だったなんて。あの子、毎日どんな気分で働いていたんでしょうね。石けんの名前が違っていたら……なんて、今更言っても仕方がないわね。

〈谷村夕子〉


城野美姫のことだろ。

話してやってもいいけど、ゲームしながらでもいいか？　そうだ、一緒にやんない？　どっちが先に敵の城に乗りこんでお宝をゲットできるかっていう簡単な……、あ、やったことあるんだ。じゃ、さっそく。

さっき、じいちゃんがこの部屋まで上がってきて、東京の新聞記者さんはもう帰ったのかって言うからさ、なんだそりゃって返すと、おかしいなって首ひねってたぞ。おまえ、うち来る前にどっかで寄り道してた？

ああ、誰に取材したかとか、そういうの言えないんだ。どうせそっちが黙ってても、明日になりゃ、この辺のおばさん同士、全部筒抜けになるのに。しかも、うちのおふくろがそういう噂話大好きだから、うちがからんでるような聞きたくないものでも拾って

くるし。まあそのおかげで、引きこもりのくせに、オレもこの地区のことはけっこう詳しいんだけどね。

じいちゃんの畑からうちまでのあいだでどこか寄るとしたら、八塚のおばはんとこかな。誰かからあんたのことを聞いて、待ち伏せしてた可能性もある。当たり？　それも言えないんだ。でもいいよ、あんたって解りやすい。顔にすぐ出るんだから。おまえ、俺のこと見てたのかって顔してる。当たってる？　へえ、それは答えてもいいんだね。じゃあ、質問のしかた、考えなきゃな。

城野美姫のことを聞いたんなら、あのおばはん、明神さまの火事のこと話しただろ。オレたちが人がた燃やして、呪いの儀式をしてたって。

なに驚いてんだよ。私は今まで誰にも言わなかったんだけど、なんて言葉、まさか真に受けてた？　バカだねえ。今日初めて会ったおまえだけに、特別打ち明けてやる筋合いなんてねえだろ。田舎もんは東京の記者だって言えばへいこらすると思ってたら大間違いだぞ。ありゃ、八塚のおばはんが噂話をするときの前ふりだっつうの。

それとも本人、本当に誰にも話していないつもりでいるのかな。だとしたら、重症だ。

まあ、警察には本当に言ってないんだろうけどな。

おばはんの噂話はまるっきり嘘ってわけじゃない。オレたちのせいで、明神さまで火事が起きて、祠が全焼したってのは事実。人がた作って燃やしたのもホント。

だけど、アン……。城野美姫のことね。オレはそう呼んでたんだ。アンにそう呼べって言われたからさ。ちなみに、アンはオレのことダイアナって呼んでた。

だから……。そう露骨に顔に出すなよ。似合わねえ、って言いたいんだろ。子どものお遊びじゃねえか。それに、おまえ、マンマローとかやってる？

ふうん、やめたばっかかねえ。

大人だって、気持ち悪いハンドルネームつけてるヤツがいっぱいいるだろ。

話がそれちゃったな。八塚のおばはん、オレたちが人がた作って燃やしたのは、アンのおやじさんの浮気相手に呪いをかけるためだって言っただろ。これはおばはんの妄想だ。

あの頃、アンのおやじさんがスナックの女と浮気していたのも、そのせいで家庭内がぎくしゃくしていたのも本当だけど、アンは自分の恨みを晴らすために事を起こすようなヤツじゃない。それどころか、悩んではいたけど、恨んではいなかったんじゃないか。アンから他人の悪口を聞いたことなんか、一度もなかったからな。

人がた作って燃やすのを提案したのはアンだ。でも、それってオレのためなんだよ。オレは小学校に入ったばかりの頃からイジメられていてね。もともと人見知りするタイプだった上に、ギャグも言えないし、行動も鈍《どん》くさかったから、イジメられっ子の要素は十分に持ってたわけだが、極めつけは名前だ。じいちゃんから聞いた？　オレの名

前。いや、漢字の方。夕方の夕に、子どもの子で、夕子。

小学校に上がる前はみんなから「ゆうちゃん」って呼ばれてたのに、小学校に入ってちょっと経った頃から、「タコ」って呼ばれるようになったんだ。なにが、なるほど、だ。田舎のバカどもが、男も女も腰くねらせながら、タコ、タコ、ってからかってくるんだぜ。悔しくてたまんなかった。でも、それで歯をくいしばると顔が真っ赤になるだろ。ほら、やっぱりタコだ、って余計からかわれて、こっちはメソメソ泣くだけだ。子どもにとっちゃ地獄だよ。

まーた。くだらないって顔してる。タコいじりが飽きもせず、毎日続くんだ。子どもにとっちゃ地獄だよ。まあ、赤星雄治にはわかんねえか。

学校なんか行きたくねえ。そう親に訴えたら、理由は何だって聞くからさ、恥をこらえてようやくの思いで打ち明けた途端、大爆笑だ。くだらねえって。そもそも、オレが無駄にからかわれるのは、おまえらのせいだろって言い返すと、じいちゃんのせいだって開き直りやがんの。

おやじとおふくろで、夕方の夕と布と子どもの子で、夕布子にするって決めて、じいちゃんに届けに行かせたのに、じいちゃんが役所に着いてから、それじゃユウコって読まないだろうって、勝手に布を取って、夕子で提出したんだ。知ってる？　名前ってさ、一度届け出ると、間違えましたって、すぐに訂正できないの。

じいちゃんから報告を受けて、おやじがすぐに役所に行って、布っていう字を付け忘れましたって言うと、変更するなら裁判所に行って手続きをしてくれ、って言われたんだってさ。ちゃちゃっと一文字、付け足してくれりゃいいのに、役所の連中は何もったいぶってんだろうな。おやじもおふくろも裁判所までは面倒で、夕子でいいやってことにしたらしい。

それで納得できるかっつうの。

だいたいなんで、じいちゃんに行かせるかな。それより、夕方の布って何？　優秀の優とか、悠久の悠とか、有名の有とか、他にいい字はいっぱいあるじゃん。まあ、おまえにいつまで愚痴っても、仕方ないよな。

――あ、おまえまた撃たれたのか。もう命、半分しか残ってないじゃん。

矢も鉄砲玉も正面だけから飛んでくるわけじゃないんだぜ。おまえが質問しなくても、オレがちゃんと話してやるから、ちょっとはゲームにも集中しろ。

そうだ、ゲームオーバーになったら、この話も打ち切りな。

タコ人生を約束されたオレがかろうじて学校に行けてたのは、アンが毎朝迎えに来てくれていたからだ。どうしてだろう。単に同じ地区に住んでいたから、途中で寄っていただけかもしれねえが、それだけの条件でいえば、八塚あかねも同じになる。

でも、アンとあかねじゃ大違い。

そもそも、タコ人生が始まったのはあかねのせいだ。小学一年の初めはまだ、カタカナも漢字も習わないだろう。それなのに、あいつときたら、「夕子ちゃんの夕って、カタカナのタと同じかたちだけど、みんな、タコって読みまちがえちゃだめだよ」って入学早々、みんなの前で言ったんだ。

みんなタコって呼ぼうよ、って煽ってるのと同じだろ。漢字もカタカナも知らないバカどもは、そうなのかとかしこくなった気分で、タコ、タコってオレを呼ぶ。タコ、タコ、タコ。担任までタコちゃんって呼びやがる。

でも、アンだけはオレのこと、夕子ちゃんって呼んでくれたんだ。

「夕子ちゃん、おはよう。学校、行こう」

玄関先でアンがそう呼ぶ声を聞くと、オレはランドセルを背負えたんだ。

ダイアナって呼ばれるようになったのは、四年生になってからだけど、さすがに人前では夕子ちゃんのままだったな。

学校にはできるだけ毎日通ったが、イジメは漢字もカタカナもどうでもいい高学年になっても、治まるどころか、エスカレートするばかりだった。

男からは、タコの脚発見、とか言われながら乳揉《も》まれるし、酷いときには、あと二本はどこにあるんだ？ って集団でたかってきて、服脱がされて、からだじゅう触りまく

られたこともあったし。

そうそう、おまえのその目。そういう目でじろじろ見てくるんだよ。

女はこそこそと陰湿でな、体操服隠されたり、体育倉庫に閉じ込められたり、階段からつき落とされたこともあったな。

もうさ、本気で死にたくなって、明神さまの松の木で首を吊《つ》ることに決めて、アンに別れの手紙を書いて渡したことがあるんだ。六年生に上がったばかりの頃かな。そうしたら、アンはオレのためにボロボロ泣いてくれてさ。

「ダイアナがみんなからイジメられないように、わたしがどうにかしてあげる」

なんて、オレを抱きしめて言ってくれたんだ。

その三日後、土曜日の午後だった。アンがここに来て、毎月買っている『マジカル・フェアリー』っていう雑誌を見せてくれたんだ。占いやおまじないがいっぱい載っていて、そのなかに、悩み相談コーナーってのがあった。

悩みを「おまじない」で解決するんだ。

わたしはクラスメイトからブスと言われてイジメられています。どうすれば、みんなから仲良くしてもらえるでしょうか。

という質問のところに赤ペンで線が引いてあった。答えはこうだ。

クラスメイトがあなたに意地悪をしてしまうのは、黒バラの魔女に呪いをかけられて

いるからです。呪いを解くために、白バラの魔術を使いましょう。
1　白い紙で十五センチくらいの人がたをクラスメイトの人数分作り、頭の部分に、一人一人の名前を書きましょう。
2　人がたの左胸にハートマークを描き、黒く塗りつぶしましょう。そこが魔女に呪いをかけられている場所です。
3「バルバラ、バルバラ、黒いハートよ砕け散れ！」と呪文を唱えながら、ハートマークに銀色の針を刺しましょう。魔女の呪いを強くかけられている人には針をたくさん使うと効果が上がります。
4　人がたを、聖なる場所で針を刺したまま燃やしましょう。このとき、決して他人に見られてはいけません。また、魔法を使ったことを知られてもいけません。
これで、あなたに意地悪をしていたクラスメイトは、白バラのような純真な心を取り戻し、あなたに優しく接してくれるはずです。がんばって。

笑うな、赤星。

オレだって、アンにこれをやろうと提案されたときは、かなり引いた。なんつーか、アンは勉強がよくできるから、もうちょい現実的な解決方法を考えてくれるんじゃないかと思ってたんだ。でもな、アンはふざけていたわけじゃない。本気でオレのことを考えてくれた結果がこれなんだ。

家からまだ終わっていない月のカレンダーを破って持ってきて、人がた作ってくれてる姿を見ると、これで十分だとも思えたよ。オレもじいちゃんの部屋のカレンダーを破った。担任も合わせて、三十五人分必要だったからな。

人がたに名前と黒いハートマークを描いて、ばあちゃんの裁縫箱からくすねてきたまち針を刺した。あかねの人がたには五本刺してやった。この部屋でやったんだ。だけど、人がたを燃やす聖なる場所ってのがわからない。聖なるっていうと、キリスト教っぽいが、この辺りに教会なんかねえし、そうしたらアンが思いついたように言ったんだ。

「わたしたちの神様といえば、明神さまじゃない」

子どもの頃から神輿《みこし》かついだり、お参りして菓子をもらったりしてたからな。

オレも同意して、人がたを袋に入れて、二人で明神さまに向かったんだ。幸い、道中だれにも会うことはなかった。祠の前で燃やすと遠目でも見つかるだろうから、人目につかないように裏手にまわると、焼却炉があった。オレはちょうどいいと思ったが、焼却炉を聖なる場所と呼ぶんだろうかって、アンは納得できていないようだった。

だから、あいだを取って、焼却炉の蓋を開けたまま燃やすことにしたんだ。そっちの方が、人がたがちゃんと燃えたか確認できるからな。焼却炉にはゴミも入っていたから、落ち葉や木の枝を入れてそれらを見えないようにしてから、人がたを教室の席順と同じに並べて入れた。これはアンのオリジナルだ。

アンが家から持ってきたマッチで火を付けると、人がたはメラメラと燃えあがった。赤い炎を見ていると、なんだか、本当に自分に向けられた悪意が燃えてなくなるようで、燃えろ燃えろ、じゃんじゃん燃えろ、って思ったよ。本当は全部燃え尽きるまで見たかったんだけど、アンが四時からそろばん塾があるからって、オレも一緒に帰ることにしたんだ。

途中、八塚のおばはんとすれ違ったなんて、気付きもしなかった。

アンとはオレの家の前で別れたんだけど、オレたちが戻ってきた道を消防車が走っていったのは、それからすぐあとだった。

勇敢な消火活動については八塚のおばはんに聞いただろ。

オレもアンも大人たちから殺されるんじゃないかってくらい怒られたし、お互いの母親から人前でみせしめみたいにぶたれまくった。でも、火を付けたことは認めても、理由は絶対に口にしなかった。それなのに、まさか人がたが残ってたなんてな。

おまじないは全部水の泡だ。クラスのヤツらのハートは黒いまんま。でもよ、そんなことはどうでもいいんだ。それよりも、オレはもっと大事なものを失ってしまったんだから。

子どもの火遊びとはいえ、永沢地区の守り神である明神さまの祠が全焼したんだ。親たちはどうにかして責任逃れをしたかったんだろうな。うちのおふくろはアンがオレを

そそのかしたんだと言い張り、アンのおふくろさんはオレがアンを誘ったんだと譲らなかった。結果、互いの子どもを金輪際一緒に遊ばせないって、子ども抜きに決めてしまったんだ。

オレがこの経緯を知ったのは、アンが大学生になって家を出て行ってからだ。

オレはずっと、アンがオレのことを嫌いになって、見捨てられたんだと思ってた。だってよ、火事の夜、おふくろはオレにこんな言い方をしたんだぜ。

「美姫ちゃんは、もうあんたとは遊ばないんだって。学校行くときも、迎えに来てくれないんだから、自分でちゃんと支度して出て行くのよ」

オレはショックで、しばらく口が利けなくなってしまった。誰も味方のいない学校に行くのが怖くて、親に無理やり家から引っ張りだされそうになると、腹の底から恐怖が込み上げて、ゲロをまき散らすようになっちまった。毎日そんな有様だから、親も早々にオレを学校に行かせるのをあきらめた。

オレが学校に行けなくなってしまったのはアンのせいだ、っておふくろはみんなに言いふらしてたみたいだけど、そんときのオレの耳には、誰の声も入ってこなかった。かわりに毎朝、空耳が聞こえてくるんだ。

「夕子ちゃん、おはよう。学校、行こう」

玄関まで駆け降りるけどアンの姿はない。メソメソメソメソメソ泣き過ぎて、涙もすっか

り涸《か》れちまった。それでもアンが恋しくて、うちにある、アンが大好きだった本を読んでみることにした。『赤毛のアン』だ。そうしたら、涸れてたはずの涙がまたこぼれてきた。

ダイアナっていうのは、アンの唯一無二の親友の名前だったんじゃねえか。でもな、オレはダイアナじゃなくギル……。

——あーあ、ゲームオーバーだ。昔話も終了。まあ、おまえのヘタレっぷりは知ってたけどな。

さんざん調子こいてたくせに、形勢不利になると即退散。マンマローのレッドスターってておまえのことだろ。

オレは「しぐれ谷ＯＬ殺害事件」のニュースを見たときから、嫌な予感がしていたんだよ。おまじないのまんまじゃねえか。だから、いろんなサイトを覗《のぞ》いたりしていたんだ。

どこもカスな内容ばっかだけど、おまえのが一番サイテーだったよ。くだらねえことばっかつぶやきやがって。おまけに、『週刊太陽』のあの記事は何な

アンがぶさいくで、恋人を取られた腹いせに、美人の同僚を殺した？

オレがおまえに懇切丁寧に話してやったのは、おまえがレッドスターだからだよ。じいちゃんから名刺を見せられて、まさかここまでホントに来たかと、戦闘態勢で待ち構えていたんだ。オレの話を聞いて、アンがおまえが書いたようなくだらねえ人間じゃねえっていうことがわかっただろう。バカな連中のホラ話を真に受けてんじゃねえよ。みんな、他人を貶《おとし》めておもしろがってるだけじゃねえか。

オレはアンが人を殺したなんて信じちゃいねえ。だけど、最悪、もしそうだったとしても、動機はアン自身のことじゃないはずだ。それから、もっと被害者のことを調べろよ。白ゆき姫なんて呼ばれているけど、あんな殺され方をするってことは、ハートは真っ黒のはずだ。優しいアンが協力せずにはいられなかった、被害者からひどい仕打ちを受けていたヤツが絶対にいるはずだ。

おまえ、『白ゆき』石けんの会社に知り合いがいるんだろ。サコだっけ？　アンの実名までさらしやがって。もう一度、そいつに話を聞いてみろ。

それで、はっきりとわかったことだけを、次の号でびしっと書け。

おかしな書き方すっと……。あ、言ったら、脅迫になるんだっけ。まあ、おまえに何かするのは簡単だよ。自分の目の前五センチくらいのところしか見えてねえもんな。

オレのマンマローネーム？　あててみたら。

ダイアナ？　オレをそう呼んでいいのはアンだけだよ。

正解は、ハ……。やっぱ、教えてやんねえ。

〈松田《まつだ》フキ〉

わざわざすみませんねえ。東京から記者さんが来て、城野の家のことを調べとるって聞いたもんだから、ひと言お話ししとうて、嫁に電話をかけさせたんです。

いや、わしは美姫っちゅう子のことはよう知らんのです。分家の三男の長女っつうことくらいしか。それが、人殺しをしたと聞いて、ああ、やっぱりやっちまったか、と思うたんです。そういう家の子なんですわ。

わしは城野本家に嫁いだ千歳《ちとせ》と同い年で、娘時分には仲良うしとったんです。永沢地区にはもう一人同い年のサワコという子がいて、周りから、永沢の三人娘と呼ばれておりました。

わしとサワコは活発で、手に負えんじゃじゃ馬だと親たちを悩ませておりましたが、千歳はおとなしい性分で、料理や裁縫が得意な子だったんで、わしとサワコは、千歳さんは将来、いい嫁さんになって幸せになるだろうなあ、といつも言うとったんです。

わしらの予想通り、千歳は三人の中で一番に嫁ぎました。

城野一郎《いちろう》さんはわしらの五つ年上で、役者みたいにきれいな顔をした人でした。わし

はおかめ顔の千歳さんがよう見初められたものだと驚いたんだが、夫婦っちゅうのは、どっちかがきれいならどっちかが不細工な方がつり合いがとれてよいのだとサワコに言われて、それもそうだと二人を祝福しました。

でも、結婚してから三年も経たんうちに、一郎さんに女ができたという噂を聞くようになりました。狭い地区です。相手の女が誰かということもすぐに皆の知るところとなりました。

なんと、サワコだったんです。

つり合いがとれてよいなどと言いながら、なんやかんやと千歳にかこつけて、一郎さんに会ううちに、そういう関係になったそうです。サワコは永沢小町と呼ばれるくらい器量のいい女でした。

わしは千歳が心配でした。でも、買い物に行ったとき、たまたま千歳に会ったんでそれとなく元気かとたずねると、何も心配することはないと笑いながら言うてたんで、安心しとったんです。そのうち、一郎さんとサワコが会《お》うているのを見たという人もいなくなり、噂も消えていきました。

それからしばらくして、サワコは死にました。

肺炎を起こして死んだとサワコの親からは聞いたんですが、わしは千歳が殺したと思うています。床にふせっていたサワコを千歳はよう見舞いに訪れとったんです。毎回、

重箱に料理をつめてきてくれて、普段食欲のないサワコが千歳さんの料理ならおいしい言うて箸を取っていた、とサワコの母親から聞きました。

でも、わしはサワコはその料理のせいで死んだんじゃないかと思っとるんです。ごはんを食べとるんだったら、回復するはずなのに、サワコはがりがりに痩せて死んだんです。千歳が毒を盛ったとしか思えません。

その証拠に、千歳は葬式で泣いとりませんでした。それどころか、帰り道で、野良犬の顔がおもしろいと言うて、笑っとりました。わしにはどこがおもしろいんだか、さっぱりわからんかった。言い訳ですわ。

千歳は顔には出さんが、心の中には鬼を飼《こ》うとったんです。

このことは何十年もわしの心にとどめてきました。もう死んどるもんの悪口を言うのは気が引けますが、曾孫《ひまご》が同じことをやってしもうたからには、ちゃんと話がわかる人に聞いてもらわんといけん思うたんです。

嫁から、わしが呆《ぼ》けておかしなことを話すかもしれん、と言われとるかもしれませんが、わしはまだまだ正気なんで、ちゃあんと書いてくださいよ。

〈城野皐月《さつき》〉・〈城野光三郎《こうざぶろう》〉

少しお時間をいただきたい？

あんたでしょ、町中にうちの娘が人殺しだって言いふらしているのは。はあ、八人としか話してない？　あきれた。よくそんな間抜けな言い方ができるわね。ネズミ算って言葉を知らないの？　あんたにとってはたったの八人かもしれないけど、その八人がまた別の人たちに言いふらすのよ。いや、八人なんてどうでもいい。

あんた、松田さんの家に行ったでしょ。あの、歩くスピーカー、今頃せっせと、美姫が人殺しだと言いふらしてまわってるはずよ。どうしてくれるの。

それは言いふらした人のせいだから、自分の責任じゃない？　はいはい、そうですか。そうやってマスコミの人間は無実の人間を陥れていくんでしょうよ。じゃあ、週刊誌にデタラメ書いたのはあんたの責任じゃないわけ？『週刊太陽』、誰だかわからないけど、親切なご近所さんがうちのポストに入れておいてくれたわよ。わざわざ付箋まで貼ってね。

デタラメは書いてない？　取材をして、自分はそれをまとめただけ？　じゃあ、美姫の会社の人たちが、あんな酷いことを言ったっていうの。誰だか言いなさいよ、名誉毀損で訴えてやるわ。

取材元を明かすことはできない決まりになっている？　どうしてよ。情報提供者を守る義務がある、ですって？　じゃあ、嘘八百並べても、何のお咎めもないってことね。そりゃあ、みんなあることないことベラベラベラベラしゃべるわけだわ。さぞかし気持ちいいことでしょうよ。

それをあんたたちは嘘かどうかも確認せずに、記事にして、全国にばらまいて金儲《かねもう》けするってんだから、気楽な商売よね。そっちがそうやって開き直るんだったら、こっちは直接、〈日の出化粧品〉に乗りこんで、誰が取材を受けたのか問い詰めてやるわ。『週刊太陽』を見せて、一字一句間違えずに本当にこう言ったのかってね。

しぐれ谷のイノシシか！　なんて、いい年した大人がどんな顔して言ったんだか。

誌面の都合上、編集したり、言葉を置きかえることはある？　そういうのって、捏造《ねつぞう》っていうんじゃないの？　何黙ってるのよ。取材元は明かせません、言葉を置きかえることもあります、なんて、そんなやり方がまかり通るなら、私でも記事の一本や二本書けるわよ。

明日にでも〈日の出化粧品〉に行って、ちゃんと確認して、週刊誌の記事がいかに適当に作られているかを世間に公表してやるわ。

やめておいた方がいい？　どうしてよ。

娘さんの名前は出していない、ですって？　私が乗りこんだら、「Sさん」が美姫の

ことだと会社中に逆に広めることになる……。よくもまあそんなこと。

じゃあ、あんたはどうして今、うちに来ているのよ。「Sさん」は美姫じゃないんでしょ。だったら、うちに用なんてないじゃない。

美姫じゃないとも言っていない？

そうやって一つずつ揚げ足とって、責任逃れをしているつもりなの？　でもね、『週刊太陽』が発売されてから、インターネットに「城野美姫」って名前が書き込まれたのよ。そっちが誘導したようなものじゃない。それはどう責任をとってくれるの。

それも、あんたとは関係ない？　匿名の書き込みでも、犯罪と結びつくようなときには警察が書き込んだ人を捜してくれるのよね。それが百パーセント自分じゃないって、あんた言いきれるの？

へえ、断言できるんだ。まあ、そういうことはあんたの方が十分ご承知でしょうから、自分は安全なところにいて、好奇心旺盛なバカたちを誘導しているんでしょうね。じゃあ、実際に美姫の名前を書いた人が、『週刊太陽』を読んで、そうじゃないかと思い当たって書きました、って言ったらどうするのよ。

それも、書いた人だけのせい。あんたは本当になんにも悪くないのね。そこまで言うなら、一度、警察に訴えてみるわ。これから、一緒に警察に行きましょうよ。それで、あんたにまったく非がないことがわかったら、私もあきらめることにするわ。

出版社を訴えてくれ？　記事を書いたのはあんただけど、記事の掲載を許可したのは『週刊太陽』の編集長だから、そっちに責任があるってわけね。そうしたら、編集長の名前を教えなさいよ。

個人の責任じゃなくて、会社の責任だから、これについては会社の弁護士に対応してもらう？　じゃあ、あんた自身ももう用はないでしょう。

美姫はどこにいるのか？　この期《ご》に及んでまだそんな質問をいけしゃあしゃあと。知ってても、あんたにだけは絶対に教えてやるもんか。

とっとと帰りやがれ。ほら、帰れ、帰れ、帰れって言ってんだろ――。

待て！　皐月。箒《ほうき》を振り上げるな！

記者さんに失礼なことをしちゃ、ますます美姫が悪く書かれるだけじゃないか。記者さんは別に、美姫を犯人に仕立て上げようとしているわけじゃない。これまで証言をした人たちが、美姫に不利な発言をしたから、ああいった記事になっただけなんだ。スーパーで何を言われたのかはだいたい察しはつくが、記者さんに八つ当たりをしても仕方がない。

俺たちがちゃんと話せば、きっと世間の人たちの誤解を解く記事を書いてくださるはずだ。

そうですよね？

ほら、記者さんも頷《うなず》いてくれてるじゃないか。ちょっとは落ち着け。

妻が大変失礼いたしました。狭い家ですが、どうぞお上がりください。


お茶だけですみませんが、熱いうちにどうぞ。

最初にはっきりさせておきたいのですが、現段階で、美姫は殺人事件の容疑者と確定されたわけじゃなく、その可能性があるのではないかと疑われているだけですよね。

記事にもそういった言葉はいっさい使っていない。おっしゃる通りです。しかし、インターネット上でも、町の噂でも、すでに美姫は人殺しとして扱われています。いったい何が原因でこんなことになってしまったんでしょう。

親の私が言うのもなんですが、美姫は心根の優しい、おとなしい娘です。反抗期らしいものもなく、逆に私たちの方が、もっと自己主張をしてもいいのにと歯がゆく思ったこともあるくらいです。

記事には美姫が、会社で同期の美人女性と比べられて嫌な思いをしていたとか、上司から差別的扱いを受けていたとか、旨い手料理を食わせて射止めた男を美人の同期に取られたとか、その直後から盗難事件が起こるようになったとか、さんざんなことが書いてある。

すべてが事実だと認めるのは、親として許し難いことだが、火のないところに煙は立たない。まったくの嘘というわけではないのでしょう。仮に、仮にですよ、すべてが事実だと認めたとして、それが殺人の動機になるとは私にはとうてい思えません。

そりゃあ世の中には、たった何千円という金を盗むために人殺しをする輩《やから》もいますし、痴情のもつれで起きた殺人事件など、古今東西どこにでもあることです。親が子どもを殺し、子どもが親を殺す。そんな世の中なのだから、殺人事件の動機など、何であってもおかしくはない。暑かったから殺した、確かそんなことを言っていた殺人犯もいませんでしたっけ。

だから、美人と比べられて、殺人を犯してしまう人だっていないとは言えない。だけど、そうやって犯罪を起こした人たちは、容疑者として名前が挙がり、皆の知るところとなったとき、大概が、ああやっぱりな、と思われるんじゃないでしょうか。テレビのインタビューなどでマイクを向けられると、まさかあの人が……、と驚くような態度をとってしまうかもしれないが、それはやっかいなことに巻き込まれたくないからで、本当はまったく驚いてないんじゃないかと、私は思っています。

それは、たとえ親でもおんなじだと思います。

まさかあの子が、と口にしながらも、過去にあった兆候を何かしら思い出しながら、こういう日がついに来てしまったかと、胸の内ではあきらめているはずなんです。

しかし、私どもには思い当たることが本当に何もないんです。だから、納得できないんです。そりゃあ、娘が「母親が危篤」だと嘘をついてどこかに行ってしまったことは事実です。会社からも確認の電話がありましたし、これに関しては警察からもいくらか話を聞かれました。

だからといって、娘を人殺しに結びつけることはできないんです。娘かわいさ、ましてや、自分かわいさにこんなことを言っているんじゃない。美姫の人生に、犯罪に結びつくような兆候は何もなかった。だから、こうやってあなたに話を聞いてもらっているんです。

——火事ですか。明神さまの。

そんなことまで、みんなあんたにしゃべったのね。こんな胡散臭《うさんくさ》い男に、何が嬉しくて子どものいたずらまで話さなきゃいけないのよ。

火事にはなったけど、美姫は放火をしたわけじゃないわ。火遊びなんて、誰でも一度はしたことがあるでしょ。それが運悪く、たまたま燃え広がってしまっただけなのに、大袈裟な。

どうせ、八塚さん辺りが、呪いの儀式とかそんな言い方をしたんでしょうよ。ひと昔前の人里離れた山村じゃあるまいし。自分が注目されるために、小さなことを五百倍く

らいにして話すのよ、あの人は。娘はキャビンアテンダントだって言ってなかった？

新幹線の売り子もそんな呼び方をするようになったのかしらね。

あんた、まさか松田のおばあちゃんからも何か吹き込まれていないでしょうね。何、目を逸《そ》らしてるのよ。認知症の老人の証言をそうと明かさず記事にするつもり？　捏造よりもたちが悪いわ。

あの火事が人殺しと結びつけられるんだったら、世の中の人たち全員が犯罪者予備軍だわ。そもそも、あれだって、谷村の子に誘われて嫌々やったことなのに。当然、あの子にも会っているわよね。見てすぐに、まともじゃないって思ったでしょ。

ああ、あんたの記事のからくりがわかったわ。ちゃんとした人の証言は聞き流して、おかしな人の証言だけを集めて、それをさらにバカに受けるように作り変えているのね。

あなた、こんな人に何を話しても無駄よ。私たちの話すまっとうなことなんか、取り上げるはずがないじゃない。もうお引き取り願いましょう。

なあに、最後に一つ聞きたい？　どうぞ。こちらから話すことは何もありませんけど。

――スナック〈しらゆき〉の女は今どうしてる、ですって！


熱っ、皐月、落ち着いてくれ。

赤星さん、そ、それが今回の事件と何か関係があるって言うんですか。彼女とはとっ

くに別れていますし、今では心を入れかえて、やましいことは何一つしていません。

彼女と事件の被害者が似ているか？　そういえば……。いや、まったく似ていません。確かに色白だったが、あれほどの美人ではなかった。まさか、あなた、彼女の写真を入手していたりとか、していませんよね。


いいえ、そっくりだわ！

テレビを見たときに、どうして気付かなかったのかしら。美姫はもしかして、あの女と同僚の女性を重ねてしまったのかもしれない。


でも、美姫は会社に入って三年もその同僚の女性と一緒にいたんだぞ。彼女と重ねてしまったんなら、もっと早くに、会社で何かしら兆候めいたことは起きていたはずじゃないか。だが、そんな証言はどこにも載っていない。


わかったわ！　石けんよ。

あの子、入社当時から送ってくれていたけど、最初は『はごろも』っていう名前だったのよ。『白ゆき』に変わったのは、確か、一年ちょっと前。

ああ、間違いないわ。石けんの名前が変わったせいで、スナック〈しらゆき〉の女を

思い出して、同僚の女性に似ていることに気付いて、少しずつ恨みを募らせていったのよ。そんな状態で理不尽な目にあったら、たとえあの子でも……。

きっとそうよ。私なら、想像しただけでも、歯止めが利かなくなりそうだもの。

美姫は口には出さなかったけど、子どもの頃からずっと、父親の浮気に胸を痛め続けていたんでしょうね。なにが兆候はなかった、よ。辛《つら》い思いを気付かれないように、ずっとずっと押し隠していたんじゃない。一番の理解者であるべき親が、子どもに気を遣わせ続けてきたんじゃない。

かわいそうな、美姫。

全部、あなたのせいよ！

俺のせい？　俺のせいなのか？　俺のせい、なんだな。

——申し訳ございません！

娘が人殺しをしたのは私のせいだ。責めるなら私を責めてくれ。

どうか、どうか、どうか……。かわいそうな娘を許してやってください。

【資料６（二七三頁〜）参照】

第五章　当事者

〈城野美姫〉

夕方のニュースで、T県警は「しぐれ谷OL殺害事件」について、容疑者の逮捕状を請求したと発表し、顔写真が公開された。あの日からずっと、古いビジネスホテルの一室で、息をひそめて過ごしてきたが、そんな日々ももうすぐ終わる。

事件については、百円で一時間見ることのできるテレビと、時々電源を入れる携帯電話と、ホテルから歩いて五分のところにあるコンビニで買った『週刊太陽』二週分とから情報を得ることができた。容疑者「Sさん」とは私のことだ。私を知る人たちの証言により、私のことが書かれている。

果たしてこれが、城野美姫という人間なのだろうか。

自分のことが、解らない。解らないまま、ここを出るのが怖い。

そこで、私は私自身について書いてみようと思う。

そうすれば、自分がどんな人間なのか、この先どうすればいいのか、ほんの少しでも答えが見えてくるのではないだろうか。ビジネスホテルの便箋は、もしかするとこういう時のために用意されているのかもしれない。枚数は十分にある。

ここを出るのは、それからでも遅くはないはずだ——。

*

レモンが香る永沢地区、そこが私の故郷です。

地方都市から電車で一時間かかる田舎町ではあるけれど、狭いとも、古臭いとも、息苦しいとも、感じたことはありません。子どもの頃の私はそこしか知らなかったのだから、普通の町で普通に暮らしていると思っていました。

家族は父と母と私の三人で、私が生まれる前に亡くなった祖父母が建てた古い家に住んでいました。しっかり者の母に、のんびり屋の父と私は、朝起きてから家を出るまでの一時間足らずの間に、片手で数えきれないくらい、早くしなさい、と急《せ》かされていました。そうやって七時半には家を出るのに、小学校にはいつも始業のチャイムが鳴るギリギリに駆け込んでいました。

永沢地区に住む同級生の谷村夕子ちゃん——ダイアナを迎えに行っていたからです。ダイアナは私が玄関先で待っているのに、いつまでたってもパジャマのままでいたり、ゆっくりごはんを食べていたりと、学校に到着する時間を一分でも遅らせようとしているかのように、もたもたと支度をしていました。

そんなダイアナに彼女のお母さんはいつも、早くしなさい、美姫ちゃんが待ってるでしょ、と声を張り上げていたので、世の母親というのは皆、そういうしっかり者なのだ

と思っていました。決して、私の母だけが鬼嫁というわけではありません。

ダイアナの学校嫌いの原因は、同級生たちに意地悪をされるからでした。男子も女子も一緒になって、ダイアナの名前の「夕子」をもじって「タコ」と呼び、身をくねらせてからかうのです。

永沢地区に住むもう一人の同級生、八塚あかねが子どもながらに嫉妬心を募らせて、どうやって貶めてやろうかと考えた結果、生じてしまったことでした。おそらく、近所のおばあさんたちが「夕子ちゃんは永沢一のべっぴんさん」とスーパーの駐車場で日向《ひなた》ぼっこをしながら話しているのを、偶然耳にしてしまったのでしょう。

しかし、あかねだって可愛《かわい》らしい顔をしていました。近所の写真館のおもてには長い間、真新しいランドセルを背負って、くりくりとした目で利発そうな笑顔を浮かべる、あかねの小学校入学記念写真が飾られていたくらいです。人を貶めて上に立とうなどと思わなければ、あかねはあかねとして褒められていたはずなのに。

そういうところは、三木典子にそっくりだと思います。

あかね以外の子たちは、男子はどのように振るまえばいいのか解らず、女子は心の奥底に生じた劣等感に気付かないようにするために、あかねに追随して、ダイアナに意地悪をせざるをえなかったのかもしれません。

私はダイアナの親友であることを誇りに思っていました。そのうえ、互いに名前につ

いて悩みを持っていることが、私と彼女の友情をよりいっそう深めてくれることにもなったのです。

みき――平仮名では普通の名前なのに、漢字で表記した途端、悩みの種に変貌します。災難というものには必ず発端があります。ダイアナにとってはあかね、私にとっては小三のときの二番目の担任でした。四月の段階で担任だった大谷《おおたに》先生は、大学を卒業したばかりの若い女の先生だったけれど、明るくて、元気で、とても正義感あふれる人でした。ダイアナのことをタコと呼ぶ子たちを一喝し、それでもやめない子たちには、タコよりひどいあだ名をつけて呼んでいました。

あかねは「ネクラ大臣」と呼ばれて、おばさんが一度、学校に討ち入りのように乗り込んできたことがあります。どんな話し合いが持たれたのかは解らないけれど、翌日からあかねはダイアナのことを夕子ちゃんと呼んでいたし、先生もあかねちゃんと呼んでいたので、先生のやり方は正しかったということなのでしょう。

ダイアナも喜んでいました。朝、迎えに行くと、すでにランドセルを背負っていたくらいです。それなのに、一学期の終業式で大谷先生はお別れの挨拶をしました。大谷先生は育休の臨時教員で、二学期からその休みをとっていた東山《ひがしやま》先生が復帰するためでした。

ベテランの先生なので、このクラスをもっともっとよくしてくれると思います。

大谷先生はそう言っていたのに、二学期初日から最悪な展開になったのです。

東山先生はクラス名簿を広げて出欠をとりはじめました。優しそうな先生だなと安心したのも束の間《つかま》、太一くんというやせっぽちの男子に先生が「あらあら、Hの鉛筆で書いたような太一くんね」と言って、クラス内で爆笑が起きたときから、嫌な予感が込み上げてきました。ちなみに、太一くんは高校を卒業して町を出て行くまで「エッチ」と呼ばれることになります。

私の番になりました。

「次は、城野美姫ちゃん、お城に住む美しいお姫さまはどんな子かな……」

東山先生は座席表を確認して私を探し、目が合うと、

「あら、あら、まあ、まあ」

小さく噴き出して目をそらし、次の子の名前を呼んだのです。あかねを中心とする意地悪な女子たちのくすくす笑いが涙腺《るいせん》をくすぐりました。しかし、泣けば喜ばれるだけです。歯を食いしばって我慢しました。

それでもダイアナのときは、東山先生は最初、余計なことは何も言いませんでした。なのに、東山先生をすっかり気に入った様子のあかねがわざわざ手まで挙げて、タコって呼んであげて、と言ったのです。大谷先生のように一喝はしなさそうだけど、窘《たしな》めてはくれるだろうと、期待した私が愚かだったのかもしれません。

「タコちゃん、よろしくね」

東山先生にそう言われ、ダイアナは真っ赤になって俯きました。

「あら、名前だけじゃなく、そっちの意味でもタコちゃんなのね」

したり顔で頷く先生を見ながら、私は自分のときよりも泣きたい気持ちになりました。

でも、仕方がないのだ。心の中でそうつぶやきました。

私がこんな目に遭うのは、美姫と名付けた母のせいだし、ダイアナがこんな目に遭うのは、役所に間違えて届け出をしたらしいダイアナのおじいちゃんのせいなのだから。

二人で強く生きていくしかないのだ。

けれど、そう思うのはそれほど辛いことではなかったのです。むしろ、何よりも幸せなことだったのかもしれません。私にとってはダイアナが、ダイアナにとっては私が、一番の存在だと信じていたのだから。

とはいえ、二人で親密な時間を過ごしていたわけではありません。私の家かダイアナの家で絵を描いたり、漫画を読んだりと、日が昇っている間の時間をなんとなく一緒につぶしているようなものでした。

二人の思い出はレモネード味でした。ダイアナの家はレモン農家で、遊びに行くと、おばあちゃんがよく作ってくれていたからです。ダイアナは貧乏臭いと嫌がってたけれど、私はサイダーやコーラといった俗っぽい響きの飲み物よりも、レモネードの方が女

の子らしくて好きでした。

そう、まるで『赤毛のアン』の世界のように！

ダイアナの家には世界児童文学全集が揃っていました。ダイアナはあまり本が好きではないのに、おじいちゃんが入学祝いに買ってくれたそうです。ダイアナが意地悪をされる原因を作ったおじいちゃんだけど、ダイアナも私もおじいちゃんのことは結構好きでした。

畑仕事用のジャンパーのポケットにはいつも好物のドロップの缶を入れていて、私たちが一緒に遊んでいるところにやってきては、ドロップ食うか？　と缶を差し出してくれました。私は赤のイチゴ味、ダイアナは黄色のパイナップル味が好きでした。

ダイアナもおじいちゃんも、箱に入った豪勢な本を持って帰っていいと言ってくれたので、私は一巻から順に借りていきました。

『あしながおじさん』、『小公女』、『トム・ソーヤーの冒険』、どれも胸をワクワクさせながら読んだけれど、一番のお気に入りは『赤毛のアン』でした。物語の舞台となる町はどこか永沢地区と似ているような気がして、私はダイアナと一緒にいろいろな場所に呼び名をつけてまわりました。レモンの小路《こみち》、神様の眠る山、ペコペコ通り……。

そして最後に、アンとダイアナと呼び合おうと決めたのです。

私が数ある文学作品の中で『赤毛のアン』を一番好きになったのは、きっと自分とア

ンの姿が重なったからだと思います。見た目は美しいとは言い難いけれど、想像力豊かな女の子、私も想像するのが大好きでした。この世界には神様だって妖精だっているし、本当にピンチのときには魔法が使えるとも、信じていたのです。

純粋な女の子なら誰もがそうだと思っていました。その証拠に、毎月買ってもらっていた『マジカル・フェアリー』という雑誌には、全国の女の子たちの妖精目撃談や魔法の成功例がたくさん載っていました。マイナーな出版社からネットで取り寄せていたわけではありません。永沢地区に唯一ある本屋の一番目立つ棚に、少年マンガや少女マンガと一緒に並べられていたのだから、かなりポピュラーな雑誌だったはずです。

ダイアナが死にたいと言い出したときは本当にショックでした。

何としてでも救いたい。神様にすがる思いでその雑誌を開き、似たような事例とそれに対応する魔法を調べたのです。今から思えば、とてもバカげたことだと解ります。でも、小学生の私は親友のために必死だった。だけど、ダイアナは……。

私に無理やり手伝わされたと証言しています。

週刊誌では、まるで私が学校でイジメられて、クラスメイトに恨みを抱いていたように書いてあります。確かに、東山先生のせいで男子から「ブス姫」とからかわれることはあったけれど、じっと黙って我慢していたのに。

魔法のことは、私が一人で暴走してしまっただけなんだろうか。ダイアナはただ優し

い言葉をかけてほしかっただけなんだろうか。それとも、火事を起こしたことをまだ気に病んでいて、全部私のせいにしてしまいたいと思っているのだろうか。

確かなのは、あの火とともに、私たちの友情も燃え尽きてしまったということです。

永沢地区に私を受け入れてくれる人など、もう誰もいません。

あかねのおばさんは私が呪ったのは父の浮気相手だと答えたようだけど、あの人ならそういう言い方をしそうです。想像通りのことが書いてあると、裏表のないのはむしろこの人くらいだと、どこか愛おしいような気にすらなりました。

父がスナックの女と浮気をしていたことは、おぼろげながら記憶があります。浮気そのものよりも、毎晩のように母が父を泣きながら怒鳴りつけているのを、布団の中で聞いていたのを憶えています。だけど母の口から、出て行くとか別れるといった言葉を聞くことがなかったためか、それほど我が家が大変な状況に陥っているという自覚はなかったような気がします。

しかし、ダイアナには大変なことのように語っていたかもしれません。

親友として、自分も何か同じくらいの悩みを抱えていることを示して、意地悪から発展したイジメに悩むダイアナを、安心させてあげたいという思いはあったはずだから。

だいたい、私はスナックの女の顔なんか一度も見たことがないのです。なのに、両親は私が三木典子を殺したのは二人の顔が似ていたからだ、なんて証言をして、見当違い

にもほどがあります。スナックの女に恨みを抱いていたのは私ではなく、母です。父が浮気をしていたのはもう十五年近く前のことで、女のところに出入りしていたのもたったの半年くらいだったはずなのに、母は未《いま》だに許していなかったのです。

その恨みを娘に被《かぶ》せて他人に語り、いったいどうしたかったのでしょう。ようやく父が土下座をするのを見て、気持ちよかったのでしょうか。父の謝罪は、娘が人殺しをしたことに対してでしたかと満足したのでしょうか。だけど、父の謝罪は、娘が人殺しをしたことに対してです。

親とは、たとえ娘が目の前で人殺しをしたとしても、この子は何もやっていない、と最後までかばってくれる存在ではないのでしょうか。

事件後、家に帰らなかったことだけは正解なのかもしれません。天井裏や床下にかくまってくれるどころか、いち早く通報されていたに違いないのだから。だけど、どうして両親はあっけなく私をマスコミに売るようなことをしたのでしょう。

私は両親を困らせたことなどないはずです。美姫という名前にしたことにも、文句を言った憶えは一度もありません。お手伝いだってよくしました。本家のおばさんに料理を教えてもらって、家でもしょっちゅう作り、とても喜ばれていたはずです。

その本家の、私の曾祖母は本当に人殺しなのでしょうか。地元の古老というのは、松田さんちのおばあちゃんのことだと思います。家の前の通りに椅子を出し、そこに座っ

て日向ぼっこをよくしていました。私を見ると、千歳さんによう似とる、としわくちゃの顔で笑いながら言ってくれていたけど、心の中では人殺しの家の子と怖がられていたのかもしれません。

永沢地区とは、故郷とは、私にとって何だったのでしょう。

もう二度と、帰りたいとは思わないけれど。

初恋は三つの町から生徒が集まる中学に入ってからでした。

江藤慎吾くんは、私のことを「ブス姫」とからかったり、ダイアナのことをいやらしい目で見ながらイジメるバカ男子たちとは、醸しだす空気がまるで違っていました。サッカーがものすごく上手で、あの頃からプロになれるのではないかと言われていました。彼が他の男子と違っていたのは、大きな夢を持っていたからではないかと思います。

だけど、私は自分がどの程度の女の子かということは解っていたので、江藤くんの彼女になりたいとか、そういう高望みをしたことはありません。隣の席になったのがきっかけで、宿題を写させて、と頼まれるようになっただけで、天にも舞い上がる気分になれました。そのうえ、彼は席がえをしても、宿題を見せてほしい、とわざわざ私のところにきてくれたのです。

私は彼の宿題係。そんなささやかな繋《つな》がりを大切に温めていたのに。

　ある日の掃除時間、教室を箒で掃いていると、急に背後から頭の上に何かが載った感触がしたのです。雑巾だと気付いた瞬間、カッと火が付いたように頬が熱くなりました。

「ゴメン、悪い」

　視界が真っ赤になるような怒りが込み上げてきて、私は震えながら叫びました。

「許さない！」

　江藤くんがポカンと驚いたような顔で私を見ていました。いつの間に目の前に立っていたのか。普段の私なら江藤くんを認識した途端、恥ずかしくて俯いてしまうところだけれど、そのときはどういうわけか、私の背筋はぐっと伸び、背の高い江藤くんをキッと見上げて、さらにもう一度毅然と言い放つことができたのです。

「こんな酷いことをするなんて、許せない」

　そして、感情のおもむくままにワンワン泣きました。いつもは泣きたくても、家に帰るまで我慢したり、トイレに駆け込んで声を押し殺して泣いていたのに、このときは自分の思いに素直に従うことができたのです。何かに似ていると思いました。

　赤毛のアンだ！　今の私はまるで、にんじんとからかったギルバートに力いっぱい石板を叩《たた》きつけた、アンみたいじゃないか。

　江藤くんは本当に申し訳なさそうに、ゴメン、と言ってくれたけど、私は何も答えませんでした。アンだってギルバートを簡単には許していない。だけど、それがきっかけ

でお互いを意識するようになり、何度も反発したりすれ違ったりしながら、最後には深い愛情で結ばれるのだ。そんな思いがあったからです。

スポーツマンの江藤くんはギルバートのように誠実で、翌朝も私の席まできて、昨日はゴメン、と言ってくれました。クラスの子たちが皆こちらを見ている中ででした。私たちは特別な関係。アンとギルバートのような関係。私はそれを皆に知らしめるように、江藤くんに向かって言いました。

「許さない」

江藤くんが怒って、じゃあ、もういいよ、と言うのではないかと少しだけ心配になったけれど、彼はがっくりと肩を落として自分の席に戻るだけでした。私に許してもらえないからといって、あんなにも落ち込むなんて。私の胸もキリキリと疼《うず》くようでした。

明日、謝ってくれたら「もういいよ」と言おう。そう決意して学校に行くのに、いざ目の前に江藤くんがやってきて、ゴメン、と言われると、私の口からは「許さない」という言葉が出てきました。「もういいよ」と言わないかぎり、彼は毎日、私のところにきて声をかけてくれる。もしかすると、どうすれば私に許してもらえるのかと、ずっと考え続けているかもしれない。

彼の中に私がいる。私の中に彼がいる。でも、私が「許さない」と言うたびに、彼は少しずつ元気をなくしていくようで、一週間だけにしようと心の底から誓ったのです。

サッカーの試合が近いのに、それに支障が出ては困ります。

『仕方ないな、もう許す。そのかわり、サッカーの試合、がんばってよ』

なめらかにその言葉が出せるように、夜、布団の中で何度も練習しました。私がそう言ったら、彼はきっと、ニッと笑って、まかせとけ、と言ってくれるに違いない。

『宿題は毎日でも写させてあげるから、サッカーに集中して』

そう言ってノートを貸してあげているうちに、一緒にレモンのはちみつ漬けなんかも渡せるようになればいい。試合を見に来てほしい、とは言われないだろうか。おいしいお弁当を作れるように、少しずつ練習しておいた方がいいかもしれない。

しかし、「許す」と言うはずだった日の朝、いつまで待っても教室に江藤くんは現れませんでした。代わりに、ホームルームで担任が、江藤くんが前日の下校途中に交通事故に遭って右足に大ケガをしたことを説明しました。

江藤くんは今、どれほど打ちひしがれているだろう。病院のベッドで頭を抱えている彼の姿を思い浮かべると、私の胸まで痛みました。

そうだ、お見舞いに行こう。サッカーボールの形のクッキーを焼いていこうか。

『何しに来たんだよ。サッカーボールの形だなんて、俺への当てつけか？』

最初、彼は不機嫌そうにそう言うかもしれない。だけど、私は……アンは、彼が本心でそう言ってるのではないことを知っている。私は彼に媚びるような女子たちとは違う

のだから。

『私にはここに来る権利があるわ。あんたを許すって、まだ言ってないんだもん。だけど、もういい。それよりも、今は治療に専念して』

『ありがとう。……旨いよ、このクッキー。なんだか、ケガも早く治りそうだ』

『じゃあ、早くグラウンドに戻れるように、毎日作って持ってきてあげる』

幸せな空想に浸っているあいだ、私は笑みを浮かべていたのでしょう。

江藤くんのケガを、幸せな空想に変えてしまったのは、責められても、無気味がられても仕方がないのかもしれません。だけど、私は江藤くんが事故にでも遭えばいいなどと、心の片隅ででも願ったことはありません。ましてや、私がブレーキを外すだなんて。彼の自転車がどんな形をしているか、何色かも、知らなかったというのに。

――呪いの力。

高校に入ってあかねがちらちらと私の方を見ながら、他の中学出身の子たちの耳元でささやいていたのは、この言葉だったのか。

人生において、出会ってしまったのが運の尽き、という人物がいるとすれば、ここまでの段階においては、あかねだったのかもしれません。

その証拠に、あかねと離れると、私の人生はとても楽しいものになったのだから。

私は自分ほど「普通」という言葉が似合う人間はいないと思っていました。

身長も体重も年齢ごとの平均値をなぞるように成長していたし、顔も名前とのギャップさえなければそれほど悪くはないはずです。勉強は平均値を少し超えている分、運動神経は劣っている。性格はひどく明るくはないけれど、陰気だとも思わない。

母からは「おもしろみのない子」とよく言われていました。

なのに、自分と似た子を探すのは難しかった。

中学、高校時代、なんとなく同じ匂いを感じる子たちとお弁当を食べて、休憩時間を一緒に過ごしていても、どこか違和感を抱いてしまうのです。

趣味は読書。そこまでは同じでも、『赤毛のアン』が好きという子はいなかったし、音楽鑑賞が好きだと言って同意を得られても、クラシックだと伝えると、それはパスと却下されました。

こちらから歩み寄ろうと、勧められた本やCDを借りてみたけれど、男の子同士の恋愛なんて気持ち悪いだけだったし、歌というよりは絶叫に近い音楽も耳がジンジンするだけで、どこがいいのかさっぱり解りませんでした。それを素直に伝えると、美姫ちゃんってちょっとかわってるよね、と言い返されるのにも、納得できませんでした。

しかし、ついにめぐり逢えたのです。自分と同じ感性を持つ人たちに。

大学の学生課で紹介された古いアパート〈なでしこ荘〉に足を一歩踏み入れたとき、

ふと、懐かしいという思いに駆られました。共同の玄関にレモンの香りの芳香剤が置かれていたからではないはずです。

迎えてくれた同じ大学に通うアパートの住人たちは皆温かく、その中でも同じ新入生の前谷みのりと緑川《みどりかわ》麻澄《ますみ》とは、生き別れの三つ子の姉妹と再会したかのように、会った瞬間から、同じ匂いの人だ、と感じるものがあったのです。だからといって、彼女たちが『赤毛のアン』やクラシックが好きだったわけではありません。でも、それらが好きな私を、かわっている、とは言いませんでした。

だと思った。らしいよね。そう言いながら、お勧めのCDを貸してほしい、とこちらに歩み寄ってくれ、よく解らなかったけど何曲目がよかったな、という何曲目こそが、私の一番お気に入りの曲だったりしたものです。

テンちゃん、という呼び名も心地よかった。

三人で別々に行動しているのに、同じところで鰯を買ってきて、おしゃべりをしながら料理を作ったことがありました。こたつテーブルの上に新聞紙を敷いて三人で向かい合って座り、指で開いた鰯を包丁の背でパンパンと叩きつぶすのです。

「彼氏ができたら料理を作ってあげたいけど、いきなりこんなことをし始めたら引かれちゃうよね」

みのりが真面目な顔で言ったので、私と麻澄は大笑いをしました。

それから理想の彼氏の話になり、自分だけ彼氏ができたら申し訳ないからとか、遠慮しないで、幸せな報告は全部し合おうねと約束しました。

それを、みのりは週刊誌の記者に話すなんて、どういう神経をしているのか。しかも、取材を受けたのではなく、自分から手紙を出したとは。

週刊誌の記事などほとんどが捏造じゃないか、と言い切ることができたらどんなに幸せでしょう。だけど、篠山係長が足の中指と薬指のあいだを舐められるのが好きだということを話したのは、みのりにだけです。

こちらは係長と関係を持ったことは報告しても、そんなこまかいことまで話すつもりはまったくなかったけれど、みのりが、今後の参考のために教えてよ、などと言いながらしつこく聞いてくるから、ポツリポツリと答えてあげたのに。特殊なプレイなど、こちらが言ってもいない過激なことまで書くなんて。

私に恋人がいたことが許せなかったのでしょうか。みのりはおとなしそうな外見とは裏腹に、少しでも気になる男の子が現れると、すぐに告白して、いつも振られていました。そのたびに私の部屋にやってきて、ホットココアを飲みながら、「わたしの気持ちを解ってくれるのはテンちゃんだけ。麻澄には内緒だからね」と言ってくれたのが、あの頃はとても嬉しかったけれど。

だけ、というのは私のことを見下していたということではないでしょうか。理想が高

すぎるから彼氏ができない麻澄とは違い、モテない美姫に抜かされることはないだろう、と高を括《くく》っていたのです。

アルバイト先などに素敵だなと思う人がいても、私が一歩を踏み出せなかったのは、男子は野蛮という感覚が頭の奥の方に刷り込まれていたからだと思います。けれど、もし勇気を出してうまくいってたら、みのりとの友情関係はもっと早くに終わっていたかもしれません。

では、麻澄はどうなのか。週刊誌には出てきてないけれど、マンマローで私のフルネームを出して情報を集めている「グリーン・リバー」は、麻澄に間違いないはずです。

考えてみれば、『週刊太陽』といった過激な記事を載せては名誉毀損で訴えられている週刊誌など、常識のある人は買わないだろうし、おもしろがって読んでいる人だって、百パーセント真に受けたりはしないはずです。たとえ記事の内容が私のことだとまるわかりでも、私を知らない人から「これは城野美姫のことだ」と思われることはありません。

もちろん、最初にネット上に名前を挙げたのは別の人物だけれど、苗字とフルネームでは重さがまったく違います。しかも、書き方が卑怯《ひきょう》です。擁護するように見せかけて、フルネームをさらし、さらに個人情報を書き連ねていくなんて。いっそ、殺人犯として糾弾される方がすがすがしい……。

ほんのひと月前までは、もし人生をもう一度繰り返すことができるならどこの時点に戻りたいか、と聞かれれば、大学時代、と迷わず答えていたはずです。人生で一番キラキラ輝いている四年間でした。

でも今は、戻りたいとは思わない。

過去をやり直すことはできない。起きてしまったことを消すことはできない。学校の先生から何度かそう言われたことがあります。だけど、本当にそうなのでしょうか。

私は私の過去が解らなくなってきました。

私はイジメられっ子だったのか。執念深く、気持ちの悪い女だったのか。呪いの力があるのか。中学も高校も学校中の子たちから嫌われていたのか。親友なんて存在しなかったのか。

自分の記憶で作られる過去と、他人の記憶で作られる過去。正しいのはどちらなのでしょう。

大体において、この人とだけは一緒になりたくないなと思ったら、一緒になるものだと思います。神様が試練を与える、そんな感じでしょうか。

〈日の出酒造〉の入社試験、グループ面接で私は三木典子と一緒になりました。第一印象は、きれいな人だな、というものだったけれど、酒造メーカーが顔で選ぶことはない

だろうと、あまり気に留めていませんでした。それよりも、面接官から聞かれた質問に上手く答えられるかということだけでいっぱいいっぱいだったのです。

私の場合、頭の中ではすぐに言葉が浮かぶのに、口に出す際、どこかに突起でもあるのか詰まり詰まりになってしまうのが、面接試験における最大の難点でした。ただ、〈日の出酒造〉のときは、面接官が私の卒業研究のテーマであった穀物の食物アレルギーについて興味を持ってくれ、こちらの答えをせかさず、むしろ引き出すような聞き方をしてくれたため、かなり落ち着いて話すことができたのが幸いだった……のでしょうか。

今から思えば、あんな会社に入らなければ悲劇は起こらなかったはずなのに。

グループ面接は三人ずつで行われ、真ん中に三木典子は座っていました。私が彼女を少し苦手だなと感じたのは、自分の前に答えた人を否定するような返答をしていたからでした。

前の人が酒飲みであることをアピールし、面接官に受けていれば、自分はどのくらい飲めるかなど聞かれてもいないのに、質問を上手くすり替えながら、量も大切かもしれないが、自分の信念は作り手に敬意をこめて少しずつしっかりと味わいながら飲むことだ、と答えていました。

私の次に当たったときは、アレルギーのことなど聞かれてもいないのに、またもや質

問をすり替えて、自分の妹がアレルギー体質なので、机上の空論ではなく実体験として恐ろしさや細心の注意事項を知っている、などと答えるのです。

ただ、ライバルを蹴落としてやろうとムキになった言い方をするのではなく、美しい顔に上品な笑みを湛《たた》えて語るので、面接官のおじさんたちに彼女のいやらしさが伝わっていたのかどうかは解りません。

蓋を開けると、採用になったのは系列会社の〈日の出化粧品〉の方で、入社式の同じ列に三木典子が座っていて、二十人採用された女子社員たちの配属先発表で各部署二人ずつ名前を読み上げられる際に、営業部第二課という通信販売を扱う部署名のあと、私の名前が呼ばれ、次いで三木典子の名前が呼ばれた。それだけのことでした。

「面接のとき、一緒だったよね。実はわたし、あのときからあなたとは今日限りじゃないなって予感がしていたの。仲良くしましょうね」

笑顔でそんなふうに言われると、意地の悪いのはこちらの方だったのではという気になり、これまでとは違うタイプの友人ができたことを喜んだのだけれど、一週間もしないうちに、やはり最初の感覚は正しかったのだということに気付きました。部署の歓迎会の席で、三木典子は皆の前でこんな自己紹介をしたのです。

「三木典子です。お城に住む美しいお姫さまの城野美姫さんには、名前で負けちゃっていますが、仕事は負けないようにがんばろうと思いますので、どうぞよろしくお願いし

ます」

皆がチラチラと私を見て笑っていました。不吉な星のめぐりのせいなのか、小学生の頃に受けた屈辱を、まさか同じかたちで味わうことになるとは、予想だにしていませんでした。しかし、対処法は心得ていました。このタイプには正面から向き合わなければいいのです。

そのうえ、私はパートナーに恵まれました。

「パートナーが城野さんでよかったわ。三木さんの自己紹介を聞いただけで、昔嫌いだった子を思い出しちゃったもん。余計なお世話かもしれないけど、彼女みたいな人に自分の一番大切なものを教えちゃだめよ」

間山先輩のアドバイスにより、自分だけではなく、誰にでも人生において厄介な人物は存在するものなのだということを知り、私は安堵《あんど》したものです。

人によっては一番大切なものを見せびらかしたい、知らせたい、共感を得たいという欲求を抱く人もいるようだけど、私の場合はそれまでの経験から、自分が標準的な人間であっても、嗜好《しこう》は少数派であることを認識できていたので、大切なものを胸の内にとどめておくことはまったく苦ではありませんでした。

それでも、目に見える嗜好は隠すことができないものです。

間山先輩は洋服をフランス製のものを揃えているセレクトショップで買っていました。

仕事中は制服だけど、仕事のあとでたまに食事に出かける日など、いつもオシャレで上品な服を着ていることに気が付いて、それを口にすると、往復たった数十分の通勤服でも手を抜かないのが自分のポリシーなのだ、と教えてくれました。

毎日着る服を自分のブログにアップしていて、組み合わせ方や小物の使い方が上手いというコメントがときどき寄せられることがあり、それがたまらなく嬉しいのだと、いきいきとした表情で語ってくれたものです。

そこの服を、三木典子が着てくるようになりました。

それほど広くない町に住んでいるのだから、同じ店で服を買うこともあるかもしれません。だけど、私にはそれが偶然とは思えませんでした。先輩が考えたコーディネイトにひと味プラスした着こなし方をしていたのがその証拠です。

先輩だけが着ていたら、とても似合って見える服でも、三木典子が同じものを着ていると、先輩には少し合わないのではないかというふうに見えてくる。

私の名前と同じようなものです。

先輩はそこの服を着てこなくなったし、ブログも更新しなくなりました。量販店で売っているものを何の工夫もなく身につけるだけ。三木さんのせいですか？　とは聞けなかったけれど、そうしたところで先輩も、そうだ、とは答えなかったでしょう。ブログの存在を三木典子に教えたのは私だと思われたのか、先輩がプライベートな話をしてく

れることはなくなりました。

他の女子社員たちも三木典子を警戒し、同期、同部署というだけで、私までも警戒しているようでした。

だけど、そのくらいの距離間がちょうどよかった。会社では仕事に集中し、家に帰って大好きなものに浸る。三木典子とランチに出ることもあったけれど、うっかりとBGMのバイオリンの音色に浸りかけてしまい、なるべく外で二人きりになるのを避けるため、毎日お弁当を作ることにしました。

最初からそうしておけばよかったのです。ランチ代も浮くし、体にもいい。凝ってみるととても奥が深い。書店に行くと弁当専門の本がいくつもあり、キャラクター弁当というものが存在することも初めて知りました。本を出しているのは普通の主婦で、幼稚園に通う子どものために毎日キャラクター弁当を作り、それをブログにアップして話題になったことがきっかけだと、あとがきに書いていました。

お弁当の本を出版――。OL用の弁当の本はすでにあります。女性誌の特集などでも、美容にいい弁当や、見た目にかわいい弁当など、さまざまなテーマで組まれています。私が少し手の込んだものを作ったところで、ブログを開設してアップしても、話題になることなどないでしょう。だけど、誰かに見てもらえるのはおもしろいかもしれない。

そんな理由で始めたささやかな楽しみを、三木典子に奪われることはありませんでし

た。そもそも、入社当初、彼女は私という人間にあまり興味を抱いていなかったはずです。

あかねが私にちょっかいを出し続けていたのは、多分、狭い永沢地区の中であかねより私の方が勉強ができると、どんぐりのせいくらべ以下の比較に負けていたことに対しての腹いせだったと思います。だけど職場では、仕事の個人ノルマもなく、私と三木典子が比べられるのは外見くらいで、それに関しては試合前から勝負がついていたので、張り合う気にもならなかったはずです。

週刊誌には、課長が美しくない私にお茶を淹れさせて、美しい三木典子にお茶を運ばせていたせいで、私が彼女に恨みを抱いていた、などと書いてあったけれど、恨むだなんてとんでもない。逆に、感謝していたくらいです。

三木典子が大量の茶葉に熱湯を注いで淹れたお茶らしきものを、口べたな私が運んで会社に何のメリットがあるというのでしょう。厳しいお客様が相手なら、二人揃って怒られていたところです。適材適所、互いが得意なことを活かす。それで十分だと思います。おまけに、三木典子は自分以外の人が褒められたら、その人を落としにかかるだろうから、課長はおいしいお茶を淹れられる私を守ってくれていた、とも言えます。

だから、私の一番大切なものを三木典子に知られずにすんでいたのに。

三木典子が私のことを探るようになったのは、私自身のせいです。彼女と張り合うよ

うなことをしたり、褒められたりはしていないけれど、余計なことを言ってしまったのです。

同期入社のメンバーで飲み会をした際、三木典子は二次会のカラオケの席で椅子に座ったまま壁にもたれるようにして寝てしまいました。面接のときに、あまり飲めないことを遠まわしに言っていたのは事実らしく、少し疲れているときなどはグラス一杯のビールで寝てしまうことが度々ありました。

そこで、同期の小沢くんが三木典子の寝顔を見ながらこんなことを言ったのです。

「ホント、きれいだよな。多分、オレの人生で出会った人の中で、一番の美人かもしれない」

男性陣はおおいに納得し、女性陣は私を除いて皆、愉快そうではないけれど、まあ、顔はね、と同意していました。

「あれ、城野さんは?」

私の反応など見逃してくれればいいものを、小沢くんは気が付いて、わざわざ確認してきたのです。私も適当に同意すればよかったのに、三木典子が寝ているという安心感もあり、本心を口にしてしまいました。

「ううん、一番きれいなのは、おさななじみの夕子ちゃんよ」

そう言って私は夕子ちゃん——ダイアナがどんな子だったかを説明しました。

黒くつややかな長い髪、透きとおるような白い肌、紅いバラの花びらのような唇、まるで童話の『白雪姫』から出てきたような女の子。事情があって家に閉じこもるようになったけれど、時折、見かける彼女は、ゴムの伸びたスウェットを着ていても目を奪われるような存在で……。

三木典子など比べ物にならないほどに美しい女性なのだ、と。

あのとき、三木典子は目は閉じていたけれど意識はあって、私の話を聞いていたのではないかと思います。だから、プライドを傷付けられた腹いせをするために、私の観察を始めたのです。そんなときに私は恋をしてしまったのだから、三木典子は笑いをこらえきれないほど喜んだに違いありません。

城野さんって男嫌いなの？　私にそう訊ねたのは間山先輩だったでしょうか。

そんな態度をとった憶えはないはずだけど、どうしても彼氏が欲しいと、周りの男性に片っ端から告白していくこともなかったし、無駄に媚びたり甘えたりといった、モテることを意識した行動をとったこともなかったので、そう思われていても仕方がありません。

素敵だなと感じた人はいても、心の底から好きになったのは江藤くんくらいです。そして、同じ部署の篠山係長は右斜め後ろから見た姿が江藤くんによく似ていました。

彼はJリーガーになっただろうか。スポーツに興味はないけれど、それが知りたくて定期的にサッカー雑誌を買っていたものの、江藤くんの名前を見つけることはありませんでした。今頃何をしているのだろう。ケガの後遺症は出ていないだろうか。

そんなことを考えながら、篠山係長のことを時折、目で追うことはあったかもしれません。けれど、電話のオペレーターを含めて圧倒的に女性社員の方が多い〈日の出化粧品〉の中で、かなり人気の高い人が私のことなど好きになってくれるはずはない、と最初から期待は抱かないようにしていました。

そもそも、江藤くんの思い出や新しい恋に思いを馳《は》せている余裕などないくらい、その頃は忙しかったのです。洗顔用石けんを『はごろも』から『白ゆき』に名前をかえ、CMを新しくした途端、爆発的に売れるようになり、通販部門を担当するうちの部署は昼夜がわからなくなるくらい、皆が走りまわっていたのだから。

自動車通勤をしているため、終電の時間を気にしなくていい私は、ほぼ毎晩のように深夜二時、三時を過ぎるまで残業をしていました。そして、独身で会社の近くに住んでいる篠山係長も残業組の常連でした。ただ、あまりに忙しすぎて、たとえ二人きりで残っていても、互いに自分の仕事を片付けるのに必死で、帰りの挨拶をするまでひと言も口を利かないことの方が多かったくらいで、恋の芽生えの予感すらしなかったのに。

ある晩、二人で残業をしているとき、パソコンに向かっていた篠山係長が資料を取る

ために立ち上がった瞬間、足をふらつかせて倒れてしまったのです。これまで目の前で人が倒れるところなど見たことなかったので、慌てて駆け寄ると、篠山係長は泥色になった目のくまをゆがませながら、栄養不足かな、と作り笑いをしました。そして、私はとっさに「明日、お弁当を作ってきます」と言ったのです。

頭に浮かんだ言葉を何の抵抗もなく発することができたのは、江藤くんに怒ったとき以来だったかもしれません。

「悪いね。よろしく頼むよ」

耳に心地よい言葉が響き、私もそうとう疲れていて、頭の中の声が外から聞こえるような気分になっているのかもしれないと自分の耳を疑いました。けれど翌日、お弁当を篠山係長に渡すと、ありがたくいただきます、と受け取ってもらえ、やはり現実だったのだという感動がじわじわと湧き上がり、頭の中で恋を奏でる音楽が流れ始めたのです。

夜、再び残業で二人きりになったとき、明日も作ってきます、と言うと、篠山係長は、じゃあ、冷蔵庫の二段目に入れておいてもらっていいかな、と答えてくれ、私は毎日彼のためにお弁当を作るようになりました。

大好きな人のために毎日食事を作る。これほど幸せなことはありません。

空のお弁当箱と一緒に、時々、シュークリームなどのデザートが置かれていることもありました。家に持って帰って、それらの甘いお菓子を紅茶と一緒に食べると、疲れな

ど一気に吹き飛んでいくようでした。

石けんの売上は好調で、忙しい日々は続きました。新年度になって新人社員が入ってくると、年下のパートナーもでき、そちらの指導もしなければならなかったけれど、私の頭の中はお弁当のおかずのことが大半を占めていました。

そのうち、係長は休日の食事はどうしているのだろうと気になり、お惣菜をつめてマンションまで届けてみることにしました。住所などとっくに調べていたし、留守の場合はタッパーを入れておくことが可能なポストであることも確認ずみでした。

決して、一緒に食べたいという欲を出してはいません。なのに、マンションに届けた何度目かのある日、篠山係長は在宅で、いつも作ってもらってばかりじゃ悪いから、何か奢るよ、と言って、おいしいラーメン屋に私を連れて行ってくれたのです。

人生、初のデートでした。どんな話をしたのか、鮮明に思い出すことができます。

篠山係長は何がお好きなんですか？　トン汁？　お弁当には入れられないですよね。係長のお宅で作ってもいいんですか？　そんな、お部屋に上がるなんて。え、今日？……指と指のあいだをですか。中指と薬指のあいだをもう一度？　すごくごつごつしてるけど、何かスポーツをしてたんですか？　サッカー？　やっぱりそうだと思ってました。この足でボールを蹴っていたんですね。

この足は、この人は私のもの……。

だけど、春先に始まった恋は半年もたずに終わってしまったのです。篠山係長に、もう弁当はいらない、と言われました。彼女が嫌がるから、と。

彼女と言われただけで、私にはそれが三木典子だと解りました。

ついに、彼女に見つかってしまったのだ。いや、もっと前から気付いていたけれど、私が幸せの階段を上り詰めるまで、じっと見張りながら待っていたのかもしれない。低いところから背中を押して落としても、それほどダメージを与えることができないのだから。

『どうして？　あなたは私を選んでくれたんじゃなかったの？』

篠山係長に向かい、頭の中ではそう叫んだはずなのに、その声は詰まるどころか、ひと言もこぼれずに、私の腹の中に落ちてたまりました。次から次へと浮かぶ彼への恨み言も、三木典子への恨み言も、すべて腹にたまっていき、足元が見えなくなるくらい膨れ上がり、今にも破裂しそうでした。

あの腹のままなら、三木典子を雑木林に連れ込み、包丁で滅多刺しにしていたかもしれません。灯油をかけ、火を放っていたかもしれません。だけど、私にはまだ大切なものがあったのです。篠山係長に恋をする前からずっとずっと大好きだったものが。

芹沢ブラザーズ——音楽の神様たちが奏でる奇跡のバイオリンが、どろどろに汚れた

私の心を、優しく浄化してくれたのです。

三木典子にすべてを奪われたわけではない。私には彼らがいる。

芹沢ブラザーズとの出会いは、大学を卒業する間際でした。就職が決まった自分へのご褒美に、クラシックのコンサートに行こうと、駅前のチケットプラザに行くと、ガラスの壁に見慣れない二人組のポスターが貼ってありました。

ダイアナ……。芹沢ブラザーズの弟、雅也の黒目がちの瞳はダイアナを彷彿《ほうふつ》させ、私は吸い込まれるように雅也の顔を眺めたあと、芹沢ブラザーズのコンサートチケットを買いました。小さな会場でたった一晩だけ開かれた三千円ぽっちのコンサートに、私の心はすべて奪われてしまったのです。

体の中に残るひりひりと痛みを感じるような記憶に、やさしく手をかざして治療してくれるような、癒しの音楽。暖かい日差しが降り注ぐ春の庭のような、心地よい風が吹き抜ける夏の海辺のような、澄んだ空気が高く突き抜ける秋の空のような、優しい温もりが体を包みこむ冬のベッドの中のような、いつまでも浸っていたい世界。

彼らの紡ぐ音に魅了されない人などいないのではないか。その証拠に、昨年辺りから急激にファンが増え、ファンクラブ会員ですらコンサートのチケットを取りにくい状態になっています。だけど、彼らは皆の音楽の神様であり、私の神様でもあることに変わりはありませんでした。

なのに、三木典子は芹沢ブラザーズさえも、私から奪おうとしたのです。

同期の小沢くんに三木典子と連名で贈る結婚祝いの品として、私が芹沢ブラザーズプロデュースのペアカップを選んでしまったのが間違いでした。三木典子は私が篠山係長に振られたのに、何事もなかったように過ごしていたのが、気に入らなかったに違いありません。だから、何かまだ大切なものがあるはずだ、と私を探っていたのでしょう。

三木典子は篠山係長と年内には別れました。そして、年が明けると、ファンクラブのあいだで、雅也が新しく会員になった「ミキノリコ」という女と付き合っている、という噂が流れだしたのです。

三木典子に恐る恐る訊ねると、あっけなく認められてしまいました。

それでも、彼らの恋人は音楽の女神だけなのだから、と信じられずにいたけれど、三木典子から、手に入れにくい初日のチケットやレアグッズを見せびらかされると、あきらめざるをえなくなってしまいました。

三木典子は音楽の女神ではない。ただの人、いや、汚れた人間だ。そんな人間と交わった神様の奏でる音楽はもう、黒いものがたまった心を浄化してくれることはない。

そんなふうに、私が芹沢ブラザーズへの思いを断ち切れていれば、今回の悲劇は起こらずに済んだはずです。だけど、ダイアナと同じ瞳をした雅也を、嫌いになることはできませんでした。

そして、あの日がやってきたのです。

始まりは、三月三日の給湯室でした。

「城野さん、芹沢ブラザーズの初日のコンサートに行ってみたいって言ってたよね。実はわたし、明後日の初日のチケットを雅也にもらってるんだけど、風邪気味で東京まで行くのは辛いから、代わりに行かない？　最前列よ」

お茶を淹れている最中に、三木典子にそう言われたのです。

「いいの？」

何か裏があるのではないかと少しでも疑えばいいのに、出てきたのは歓喜の声でした。このたびのコンサートでは雅也が新曲をソロで弾くという噂がファンクラブのあいだで流れていたので、絶対に行こうと思っていたのに、チケットを取ることができなかったのです。

雅也が奏でる新しいメロディを初日に最前列で聴くことができるなんて。あの瞳を間近で見ることができるなんて。

「お願い！」

私は両手を合わせて頭を下げました。

「じゃあ、明日持ってくるわね」

三木典子に得意げにそう言われ、私は会社帰りに早速駅の窓口へと寄ったのです。明日、定時で会社を出れば特急の最終便で東京に向かうことができるけれど、間山先輩の送別会がある。パートナーだった私が出席しないわけにはいかない。

芹沢ブラザーズは自然の気が溢れる時間にコンサートを開きます。午前九時の開演に間に合わせるためには、特急の最終便に間に合わないなら、深夜バスに乗らなければならないけれど、東京行きは満席でした。ならば、最終時刻が遅い大阪行きの特急に乗り、大阪から東京行きの深夜バスに乗るしかないと、そのルートの特急券と高速バスの券を買いました。

送別会が長引くと、一度家に帰るのは難しくなる恐れがあるので、一泊分の荷物を用意して車の中へ置いておくことにしました。駅の駐車場はお金がかかるので、会社に車を置いて、駅まで歩いて行く予定でした。

雅也に会える。彼の奏でる新曲が聴ける。

興奮して夜はまったく眠れず、だけど翌朝にはスキップしたいほど軽やかな気分で家を出ました。途中で寄ったガソリンスタンドでは、キャンペーン中だと勧められるまま灯油を買って……。更衣室で着替えていると、三木典子がやってきました。かつては間山先輩が着こなしていたセレクトショップの服を着ていたので、先輩の送別会にこの服を着てくるなんて、とため息をついてやりたい気分になったけれど、このときばかりは

彼女の機嫌を損ねるわけにはいきませんでした。

「典子さん、おはよう。その服いいわね」

「ありがとう。実はね、体の具合もよくなったし、やっぱりコンサートに行こうかなって思うの。ほら、雅也だってせっかくわたしのためにチケットを用意してくれたのに、別の人が座っていたらガッカリするでしょ」

足を正面からすくわれたようでした。最初からこうするつもりだったの？　何もかも奪ったというのに、まだ私のことが嫌いなの？　あんたが一番きれいって言わなかった私のことが、そんなに憎いの？　そう言い放つことができたらどんなによかったでしょう。

「で、でも、もう特急券も買ったし……」

実際は、口ごもりながらささやかな抵抗に出ただけです。

「それは、わたしもまだ券をとっていないから、ちゃんと買い取るわ。本当にごめんなさいね。次のコンサートのときは城野さんのチケットも一緒に頼むから、許して。それに、城野さんが本当のファンなら、あなたが行って、雅也の落ち込んだままの演奏を聴くよりも、彼がベストな演奏をしてコンサートの初日が成功する方が嬉しいはずでしょ。まだ公にできない話だけど、芹沢ブラザーズに映画のテーマ曲のオファーがきているみたいなの。だから、今回のコンサートにはその関係者も来るはずだし、失敗は許されな

いのよ」

美しい唇から澱《よど》みなく、澱んだ言葉が溢れ出していました。

「そうね。解ったわ……」

「ありがとう。お土産も買ってくるわね。マグカップがいいかしら。里沙ちゃんに割られたの、まだ大切に使っているんでしょう？　あの子は自分ではてきぱきと仕事をこなしているつもりでいるみたいだけど、動きが雑なだけなのよね。でも、それを指導しきれていないわたしのせいでもあるから、新しいのをプレゼントさせて」

「そんなに気を遣ってくれなくても。里沙ちゃんもわざとやったんじゃないし、もう気にしてないから。私はあの子、頭がいいし、仕事だって本当によくできると思うし、がんばってると思うわ」

自分のパートナーの満島栄美よりも、私は狩野里沙子を評価していました。

「城野さんはよく見てあげてるのね。そんなに社内のことをしっかり観察しているんだったら、盗難事件の犯人もとっくに気付いてるはずよね」

秋頃から部署内で、冷蔵庫に入れていたデザートや、机の中に入れていた文具が盗まれるという事件が頻発していました。私も係長への思いが振っ切れたことを確認するように買ったシュークリームが盗まれて、かなり気持ちをくじかれてしまいました。

しかし、自分の被害がそれだけだったこともあり、あまり重く受け止めていなかった

のです。犯人の目星などまったくついていませんでした。

「典子さんは気付いているの？」

「当然よ。小さなものを盗んでいるあいだは見逃してあげてたけど、ボールペンは許せないわ。それに、近頃は『白ゆき』にも手をつけてるようだから、タイミングをみて告発しなきゃとは思ってる」

「そうなの？」

「あきれた。そんなに鈍感なくせに芹沢の音楽が好きだなんて。理解できてるの？」

なぜこんな言い方をされなければならないのだろう、と悔しさに涙が込み上げてきました。だけど、三木典子に涙を見せるわけにはいかず、トイレに駆け込んでほんの少し泣き、大人なのだからと歯を食いしばって涙をぬぐいました。

誰もいないと思いながら出てきたところに、里沙ちゃんが立っていました。

「大丈夫ですか？」

何でもない、と笑えばよかったのに、心配そうに顔を覗きこまれると、涙が一筋こぼれ落ちてしまいました。

「もしかして、典子さんですか？」

どうして解ったのだろうと驚きましたが、答えないことが返事になってしまったのでしょう。里沙ちゃんは続けました。

「先輩に向かってこんな言い方はえらそうかもしれないけど、気持ち、解ります。同期とかパートナーとか勝手にひとくくりにされるだけでもたまんないのに、ニコニコしながら意地悪されるんだから。誰かに言っても、嫉妬のひと言で片付けられるのがオチだし、隠れて泣くしかないんですよね。わたしでよかったら、嫌なことぶちまけて、ラクになっちゃってください」

考えてみればこの子が三木典子に何もされていないはずはないのだ。もっと早く気付くべきだったのに。そう思い、私はコンサートのことを里沙ちゃんに打ち明けました。

「酷い、それ。わたし、あの人から芹沢ブラザーズのCDをクリスマスにもらって、すっかりファンになっていたんですけど、それだって、わたしがもっと夢中になった頃に似たようなことしてやろうって作戦だったのかもしれませんよね。典子さん、わたしのこと何か言ってませんでした？」

「ううん、何も聞いてないわ」

悪口を聞いたばかりだとは言えませんでした。里沙ちゃんは納得しきれていない様子で何やら少し考えていましたが、突然、パッと顔を輝かせるとこんな提案をしたのです。

「城野さん、コンサート、行っちゃいましょうよ」

里沙ちゃんは三木典子からコンサートのチケットを奪い取る計画を夕方までに考えると言い、実行してくれたのです。彼女の計画は単純なものでした。

三木典子が風邪気味だというのは嘘ではなかったようです。送別会の前に里沙ちゃんが三木典子に風邪薬をすすめ、二、三杯ビールを飲ませる。その後、三木典子に私が駅まで送ると申し出て車に乗せ、チケットを奪い取る、という作戦です。

里沙ちゃんは薬も昼休みに買ってきてくれていました。

「割と薬に強いわたしでも眠くなる風邪薬なんです。それプラスビールで、典子さん、車に乗ると確実に寝ちゃうと思うんですよね。その間にバッグからチケットをもらって、逃げちゃってください」

「典子さんはどうするの?」

「車の中に置き去りにしておけばいいじゃないですか。目が覚めてチケットがないことに気付いたら、歯ぎしりしながら怒りそうだけど。自業自得ですよ」

「でも、帰ってきてからが心配だわ」

「芹沢ブラザーズに会えるんですよ。それくらいのリスク、どうってことないじゃないですか。あとのことなんて考えても仕方ない。なるようになれ、ですよ」

なるようになれ——。里沙ちゃんはどんなふうになることを想像していたのでしょう。私はこの先起きる出来事の片鱗《へんりん》すら思い浮かべることができないまま、計画を実行してしまったのです。

送別会のあと、三木典子に、特急券を車に置いているので一緒にきてほしい、ついでに駅まで送るから、と言うとあっさり会社の駐車場まで付いてきて車に乗りました。ところが、彼女が眠り出す気配はまったくなかったのです。私はダッシュボードを開けながら、特急券を家に忘れてしまったようだから取りに行ってもいいか、と訊ねました。三木典子は、勘弁してよ、とあきれるように言ったけれど、私は強引に車を走らせました。

アパートに着き、特急券を取りにいくフリをして、最初からバッグに入れていた特急券を車に戻って三木典子に渡し、駅まで向かいました。三木典子が特急券を財布のポケットに入れる際、チケットが入っているのが見えました。

ダメかもしれない。そうあきらめかけた矢先、三木典子が寝始めました。一分も経たないうちに安らかな寝息が聞こえてきました。しめた！　と思うと同時に、駅に着くまでに目を覚ましてしまうかもしれない、という不安も込み上げてきました。

今すぐ奪おう。どこか車を停めるところはないかと考え、里沙ちゃんのマンションが近いことに気付いたのです。炊飯器や電気ポットを買いに行くのを手伝ってあげたことがあったので、わりと広めの駐車場があることも憶えていました。そこに車を入れて、三木典子のバッグから財布を出し、チケットと特急券を抜くと、車から降りて駅まで猛ダッシュしました。

車の鍵はつけたままでした。

特急に飛び乗り、大阪に着くまでのあいだ胸はバクバクし通しでした。深夜バスに乗っても眠ることはできませんでした。東京駅に着いて、休む間もなくコンサート会場に向かったので、開演の二時間前に到着することができました。

会場の周りは私と同じような匂いのする人たちがすでに何人もいて、芹沢ブラザーズが会場入りするのを待ち構えていました。その中に私も加わり、通用口に降りる階段前で今か今かと待っていると、大きなバンが入ってきて私の目の前に停まり――優也と雅也が降りてきたのです。

握手を求めて雅也に両手を突き出した瞬間、私の視界から雅也が消え、隣にいた女が悲鳴をあげました。何事かと階段下を見ると、雅也が倒れていました。

私のせい？　考える余裕もないまま、周りの人たちをかき分けながらその場を離れ、そのまま大都会の片隅に、とはいえただの安いビジネスホテルだけれども、身を隠したのです。ネットで調べると、雅也のバイオリニスト生命が絶たれた、と書いてありました。

雅也のファンに殺される。ファンクラブ名簿で住所も知られてしまうはずだ。そんなことに怯《おび》えて、母を危篤に仕立て上げ、ビジネスホテルに隠れ続けることにしたのです。

そうしているうちに、三木典子がしぐれ谷で殺されたことを知りました。私が車の中に置き去りにしたせいだろうか。私も何か罪に問われてしまうのだろうか。今度はそれが恐ろしくなり、身を隠し続けたまま様子を窺うことにしました。

すると、どういうわけか私が殺人事件の容疑者になっていたのです。

警察に無罪だと打ち明けても、信じてもらえないかもしれない。そう思い込み、ますます息をひそめて過ごすなか、今日発売の『週刊太陽』に私は打ちのめされました。

頭の中が真っ白になった状態で、週刊誌の別のページをめくっていると、雅也の記事を見つけさらに愕然《がくぜん》としました。ケガにより、バイオリニスト生命が絶たれるどころか、モデルとの交際が発覚したなんて。ネットを見ると、三木典子はカモフラージュとして利用されていた、という書き込みが、誹謗《ひぼう》中傷を交えて溢れかえっていました。

身代り姫、妄想女、天罰、殺されて当然、犯人に感謝……。

この人たちが、三木典子にいったい何をされたというのだろう。そんな、自分に向けられているのではないと解っていても吐き気が込み上げてきそうな嫌悪感とともに、ふと、彼女にこんなことを訊ねてみたいと思いました。

『典子さん、もしも私が芹沢ブラザーズを愛していなくても、あなたは彼らを、雅也を好きになっていた？』

答えなど返ってくるはずがありません。しかし、汚物のような言葉のかたまりから目

を背けようとしたとき、見つけてしまったのです。

『芹沢ブラザーズの音楽はわたしの空気。雅也はわたしの神様。彼に愛されるためなら、わたしは何だってできる。たとえ、この顔を醜くゆがませ、二度と元には戻らなくなるようなことでも』

三木典子が真剣な表情でそう語っていた、と書いているのは、きっと、彼女の近しい人なのでしょう。たとえ、その後に続いているのが彼女を揶揄する言葉であっても。

——典子さん、かわいそう。

ざまあみろ、と思っても仕方ないはずなのに、ただ、三木典子が気の毒でたまらず、涙が込み上げてきました。殺されたことよりも、雅也を恋人だと思っていたのに、雅也からはそう思われていなかったことがかわいそうで、私は彼女のために泣いたのです。信じていた人には裏切られ、見ず知らずの人たちからは誹謗中傷を受ける。しかも、当事者のまったく手の及ばないところで。

私も彼女も同じだったのだ。

自分が置かれている状況を忘れるくらいに、声をわんわん張り上げて泣きました。泣き疲れてそのまま寝てしまい、薄暗くなった部屋で目が覚めると、寂しさが込み上げてきて、百円玉を入れてテレビをつけました。

「しぐれ谷ＯＬ殺害事件」の容疑者の写真が大きく映し出されていました。

――狩野里沙子。

彼女がどうしてそんなことをしたのか、動機などはまだわかりません。ただ、里沙ちゃんのせいで私はこんな目に遭ったというのに、なぜか、彼女に対しては恨む気持ちが起こらないのです。

これで、ようやく私は外に出ることができます。温かい場所に戻ることができるの……でしょうか？　いったい、どこへ。そんなところなど、どこにもありません。心を殺された私は、あてもなくさまようしかないのです。

＊

長々と書いてはみたが、答えは見つからないままだ。とはいえ、何も見えないわけではない。

私は生きて行くために、また〈日の出化粧品〉で働くのだろう。

みのりや麻澄からは、大変だったね、などと連絡が入るかもしれない。

江藤くんに似た人とすれ違えば、振りむいてしまうに違いない。

両親に何かあれば、永沢地区にも帰るはずだ。

ダイアナに思いを馳せ、芹沢ブラザーズの音楽も聴き続けるだろう。

私は私がいた場所へ戻り、これまでと同じ日常が始まる。だけど。

白ゆき姫はもういない――。

【資料7・8・9・10（二八五頁〜）参照】

「しぐれ谷ＯＬ殺害事件」

関　　連　　資　　料

資料1

コミュニティサイト・マンマロー
赤星雄治のページ①

man-malo

～★★★ RED_STAR さんからのイマドキのメッセージを受け取ろう★★★～

RED_STAR

おっ、電話。なんだこいつか、寝たふりかますか？　ああ、うぜぇ。
10:45PM Mar.8th

RED_STAR

重大ニュースって、今まで重大だったためしがねーだろ。なに、事情聴取？　ちょっとおもしろそうかも。
10:48PM Mar.8th

RED_STAR

しぐれ谷での事件って、何だっけ？　おー、それかそれか。まさか、そこに住んでいたとは。
10:52PM Mar.8th

RED_STAR

知り合い？
10:54PM Mar.8th

RED_STAR

被害者の名前は……。これは公表しちゃヤバイな。
11:00PM Mar.8th

RED_STAR

特徴その１　俺より２つ年上ってことは２５歳か？　特徴その２　めちゃくちゃキレイ。って女の言うキレイは当てにならんからなぁ。特徴その３　性格もいい。ますます当てにならん。
11:10PM Mar.8th

RED_STAR

だから、おまえの先輩後輩論なんかいいって。事件の話をしろ！
11:15PM Mar.8th

RED_STAR

被害者の勤務先、これもアウトか？
11:18PM Mar.8th

RED_STAR

特徴その４　実家暮らし。特徴その５　プレゼント好き。お金持ちのお嬢様ってことか。うらやましぃ〜。あ、でも、殺されたんだよな。
11:27PM Mar.8th

RED_STAR

だから、おまえの話はいいんだって。何着ても一緒だろ。
11:30PM Mar.8th

RED_STAR

芹沢ブラザーズ？　おーまーえーはー、のじゃないわけね。
11:38PM Mar.8th

RED_STAR

おいおい、そりゃ、何のファンタジーだ？
11:42PM Mar.8th

RED_STAR

特徴その６　男の気配なし。特徴その７　ストーカーの気配もなし。特徴その８　豆腐好き。というか食通？
11:52PM Mar.8th

RED_STAR

現場に行ってみるか？　今さら「つぶやくな」って、おせーよ。
11:54PM Mar.8th

RED_STAR

俺にもチャンスがまわってきたか？
11:58PM Mar.8th

KATSURA

あれ？　今日はラーメンネタじゃないんだね。でも、こっちの方がおもしろそうかも。
0:26AM Mar.9th

RED_STAR

TO:KATSURA　脱グルメレポート宣言……してーよ！
0:30AM Mar.9th

MARURIN

はじめまして。「芹沢ブラザーズ」と「事件」で検索してここを見つけたんですが、これって、田舎の方の山奥で黒こげ死体が見つかった事件のことですよね。芹沢ブラザーズとこの事件とはどういう関係があるんですか？
0:42AM Mar.9th

RED_STAR

TO:MARURIN　黒こげ死体の被害者が、生前、職場の後輩にクリスマスプレゼントとしてあげたのが、芹沢ブラザーズのＣＤってだけ。事件には関係なし。ところで、芹沢ブラザーズの事件って何？
0:45AM Mar.9th

MARURIN

ありがとうございます。黒こげ死体事件に芹沢ブラザーズが直接関わってなくって、ひと安心です。それでなくても、雅也は頭のおかしいファンのせいで手にケガをして、全国ツアーが中止になっちゃったのに。どちらも、犯人見つかるといいですね。
0:50AM Mar.9th

RED_STAR

被害者、名前出たな。聞いてた通り。写真は、超美人じゃん。
1:40PM Mar.9th

KATSURA

ネットの記事には会社の名前が出てたけど、日の出化粧品って、「これであなたも白ゆき肌」の白ゆき石けんのところだよね。おっさん化してきた母ちゃんにネット注文してくれって頼まれたくらい、ヒット商品。この人がＣＭに出てたら、もっと売れてたんじゃね？
10:37PM Mar.9th

RED_STAR

黒こげ死体の正体は白ゆき姫。
11:18PM Mar.9th

KEROPPA

ウマイ！　はじめまして。この事件に興味を持つ一人です。僕も白雪姫を連想しました。あんな美人が殺されるなんて許せませんよね。
11:54PM Mar.9th

HARUGOBAN

事件のことがかなり詳細に書かれてるけど、ソースは信用できんのか？
0:10AM Mar.10th

RED_STAR

TO:KEROPPA　同感。童話だと白雪姫は生き返るけど、俺たちの白ゆき姫は生き返らないもんな。ホント、悲惨な事件だよ。「白ゆき姫殺人事件」だ。
0:19AM Mar.10th

HARUGOBAN

俺たちの？
0:26AM Mar.10th

RED_STAR

続報きた～！
9:30PM Mar.10th

RED_STAR

死亡推定時刻は金曜日の夜、とな。部署の飲み会で、６時半から会社の近くの居酒屋へ、２時間後帰る。
9:47PM Mar.10th

RED_STAR

社内で腹の探り合い。仕切るヤツとかいるんだろうなぁ。計画的な犯行、４チャンのニュースに出てた精神科医が確かにそう言ってたな。でも、あいつの言うことは当てにならん。
10:03PM Mar.10th

RED_STAR

犯人は車を使用。ってことは男？　いや、田舎じゃおばさんでも乗ってるか。
10:08PM Mar.10th

RED_STAR

待ち伏せは難しい状況。呼び出された可能性あり。被害者の所持品がどうなったのかは不明。
10:20PM Mar.10th

RED_STAR

被害者は普段は持たないブランド物のバッグを持ち、ここ一番の服を着ていた。
10:23PM Mar.10th

RED_STAR

早く現場入りしたいが、こういうときに限って、仕事の依頼がくるんだよな。つけ麺なんか食ってる場合じゃねえっつうの。
10:45PM Mar.10th

HARUGOBAN

こんなところでつぶやいてないで、警察に通報したらどうなんだ？
11:00PM Mar.10th

SACO

見たところ、被害者に近い人からの内部情報を公開しているようですが、情報を提供した方は、あなたがこうやってつぶやいていることをご存じなのですか？
0:15AM Mar.11th

KEROPPA

白ゆき姫はお城の舞踏会に行くところだったんですかねぇ。
10:30PM Mar.11th

RED_STAR

TO:KEROPPA　そりゃ、シンデレラだろ。
10:35PM Mar.11th

KEROPPA

そういや、そうでした。
10:37PM Mar.11th

KATSURA

犯人は社内の人間とみた。男だな。つけ麵情報もよろしく。
10:54PM Mar.11th

RED_STAR

TO:KATSURA　俺は犯人は女に一票。
10:57PM Mar.11th

MARURIN

こんばんは。こっちの事件のことも、いろいろチェックしているうちに、気付いたことがありまして。被害者さん、ここでは白ゆき姫さんでいいんでしょうか？　写真公開されましたよね。わたし、一回、この方を芹沢ブラザーズのコンサートでお見かけしたことがあるような気がします。
11:27PM Mar.11th

RED_STAR

TO:MARURIN　すごい情報じゃないですか？　ちなみに会場はどこですか？
11:30PM Mar.11th

MARURIN

大阪会場です。グッズ売り場で何を買おうか迷っているときに、隣にいた人に似てるなあ、と。でも、自信ないです。
11:34PM Mar.11th

RED_STAR

TO:MARURIN　後輩にＣＤをプレゼントするくらいなので、きっと白ゆき姫は芹沢ブラザーズのファンで、コンサートにも何回か行ったことがあるはずです。大阪だと特急一本で行けるし、本人だと思いますよ。もしかして、白ゆき姫が事件の日にここ一番の服を着ていたのは、コンサートに行くつもりだったのかな。
11:37PM Mar.11th

MARURIN

確かに、コンサートツアーの初日は事件の翌日でしたけど、初日の会場は東京ですよ。大阪は今週末の予定で、わたしもチケットとってました。でも、事故のせいで、キャンセルです。
11:42PM Mar.11th

MARURIN

ホントに悔しい！　けれど、今は雅也の回復と犯人逮捕の方が大事です。
11:44PM Mar.11th

RED_STAR

TO:MARURIN　東京か。そういや知り合いもそんなことを言ってたっけ。大阪でもコンサートがあるなら、わざわざ東京に行ったりしないよな。
11:50PM Mar.11th

MARURIN

お役に立てなくて、すみません。
11:53PM Mar.11th

RED_STAR

TO:MARURIN　いえいえ、ありがとう。
11:56PM Mar.11th

RED_STAR

ついに、容疑者浮上！　といっても、給湯室の噂レベル。なので、容疑者も社内の人間。だけど、事件以来有休とってんのは、確かに怪しいぞ。
7:30PM Mar.12th

RED_STAR

事件現場の近くに住んでいて、しかも、車持ち。
7:51PM Mar.12th

RED_STAR

動機は痴情のもつれ。三角関係。こりゃ、犯人確定か？　地味だが料理が上手い、とな。
8:11PM Mar.12th

RED_STAR

何？　会社で盗難事件？
8:26PM Mar.12th

RED_STAR

盗まれたのは、誕生日会の残りのケーキ。犯人は栗嫌いって、しょぼい事件だな。ムリから今回の事件に結びつけようとしてないか？　単に、嫌いな先輩を犯人に仕立て上げたいだけ。萎えるわ〜。
8:40PM Mar.12th

RED_STAR

白ゆき姫も盗難の被害あり。ボールペンだって。
8:52PM Mar.12th

RED_STAR

やはり、最後まで給湯室レベルか。警察には話さないって、単なる憶測と願望だけだから、話せないんだろ。来週現地入りしようかと思ったが、キャンセルすっかな。
9:15PM Mar.12th

KEROPPA

容疑者って、ここを読む限り女っぽいですが、当たってますか？
11:45PM Mar.12th

RED_STAR

TO:KEROPPA　いや、そこまではちょっと。ご想像におまかせです。
0:05AM Mar.13th

KATSURA

なんだ、女かよ。ブサイク女の嫉妬か？
0:10AM Mar.13th

RED_STAR

TO:KATSURA　だから、まだ断定しちゃダメだって。
0:13AM Mar.13th

MARURIN

白ゆき姫さんが盗まれたボールペンって、芹沢ブラザーズのオリジナルですか？
0:25AM Mar.13th

RED_STAR

TO:MARURIN　そうみたいですよ。
0:28AM Mar.13th

MARURIN

あのボールペンには、優也と雅也の音楽のエナジーが込められているんですよ！　そんな貴重品を盗むなんて、わたしは窃盗犯と殺人犯は同一人物だと思います。
0:32AM Mar.13th

RED_STAR

TO:MARURIN　お怒りはごもっともだけど、窃盗犯は安物ばかり盗んでたらしいので、ボールペンの価値を知らなかったんじゃないかな。
0:35AM Mar.13th

MARURIN

そうですよね。価値を知らないってことは、犯人は芹沢ブラザーズファンじゃないってこと。おかしな人に彼らを応援してほしくないから、ホッとしました。
0:39AM Mar.13th

HARUGOBAN

探偵ごっこもたいがいにしたらどうだ？
1:00AM Mar.13th

RED_STAR

容疑者確定か？　しかも、まさかの給湯室容疑者と同一人物。会社外部の人間から、事件当夜、白ゆき姫と容疑者が車に乗っていた、との目撃証言あり。おおっ。
9:30PM Mar.15th

RED_STAR

容疑者の車は駅前に路上駐車されていて、事件翌朝にレッカー移動。シートの下から白ゆき姫の財布も出てきた。すごいな。
9:46PM Mar.15th

RED_STAR

事件当夜、大きなカバンを抱えて駅に向かってダッシュする容疑者を見たという証言もあり。翌週から有休をとるが、理由が「母危篤」って、絶対こいつが犯人に決まってるじゃないか。でも、めった刺しにして、火をつけてって、ちょっと時間が足りなくないか？
9:58PM Mar.15th

RED_STAR

なるほど、共犯説か。相手は三角関係のもう一人。狭い世界だな。
10:10PM Mar.15th

RED_STAR

容疑者は飛ばし屋。ギリ可能ってことか？
10:21PM Mar.15th

RED_STAR

白ゆき姫を殺したのは白ゆき姫。
10:36PM Mar.15th

RED_STAR

あれ、バレてた？　じゃあ、お詫びをかねて、現地入りしますか。
10:39PM Mar.15th

KEROPPA

犯人が白ゆき姫ってどういうことですか？　まさか、双子？
11:00PM Mar.15th

RED_STAR

TO:KEROPPA　ヒントは名前。これ以上はまだ言えない。
11:07PM Mar.15th

KATSURA

現地レポート待ってるぞ。ついでに、しぐれ谷グルメレポートもヨロシク。
11:30PM Mar.15th

RED_STAR

TO:KATSURA　しねーよ。
11:33PM Mar.15th

MARURIN

いよいよ、容疑者が公表されるかもしれないんですね。白ゆき姫さんを殺した犯人を早く見つけてほしい、という声はネット上で日ごとに大きくなっていますが、白ゆき姫さんが美人だからと、「ミス白ゆき」とか呼びながらファンクラブを作って、興味本位に応援している人が大半です。多分、男性だと思います。
11:40PM Mar.15th

MARURIN

それに反発して、白ゆき姫さんの人格に問題があったのではないかと、おそらく会ったこともないのに、中傷の言葉を書き込んでいる人もたくさんいます。多分、女性だと思います。どちらも、とても浅はかな人たちだと思います。
11:43PM Mar.15th

MARURIN

わたしは女性だけど、同じ音楽家を愛していた仲間として、白ゆき姫さんの死を悼み、早く犯人が捕まってほしいと願っています。雅也にケガをさせた犯人の目撃情報も、ファンのあいだで続々と集まっています。RED_STAR さんの現地報告、心よりお待ちしています。
11:46PM Mar.15th

RED_STAR

TO:MARURIN　ありがとう。現地に向かう道中、芹沢ブラザーズを聴いてみるよ。
11:50PM Mar.15th

SACO

バレてるわ！！
0:00AM Mar.16th

資料2

コミュニティサイト・マンマロー
赤星雄治のページ②

man-malo

〜★★★ RED_STAR さんからのイマドキのメッセージを受け取ろう★★★〜

RED_STAR

しぐれ谷 in。駅から車でちょうど 30 分。駐車場だけがやたらと広い。乗り慣れない車で初めてのところを走ってこれなら、慣れればあと 7、8 分は短縮できるか。それにしても、誰もいない。平日だからか、殺人事件が起きたからか。たぶん両方。目撃者もいないんだろうな。

9:30AM Mar.18th

KATSURA

おっ、ついに現地入りしたか。レポート、よろしく。でも、そういうところって、逆に夜はカップルのたまり場になるんじゃね？　事件があったのは金曜日の夜。今のご時世、ラブホ代もバカになんねえし、ひと組くらい安上がりにすませるヤツらがいてもおかしくないだろ。

9:35AM Mar.18th

RED_STAR

TO:KATSURA　暴走族の集会もありえるかもな。

9:38AM Mar.18th

RED_STAR

目撃者求む、の看板発見。こういうのわざわざ警察に通報するヤツいるのか？　謝礼が出るなら別だが。

9:42AM Mar.18th

KATSURA

一緒にいた相手による。不倫の密会ならアウト。

9:44AM Mar.18th

RED_STAR

TO:KATSURA　やっぱ、俺は誰もいなかったに一票。駐車場に車があったら、犯行場所変えるだろ。これから、遺体発見現場まで行ってみるが、けっこう見通しいいぞ。
9:48AM Mar.18th

KATSURA

時間がまったく違うだろ。街灯は？
9:50AM Mar.18th

RED_STAR

TO:KATSURA　駐車場入り口に一つ、右端の便所の前に一つ。そんだけ。ちなみに、谷へは左端の歩道から入る。
9:52AM Mar.18th

KATSURA

じゃあ、歩道付近に車を停めれば、二人で降りて、殺したあとに一人で帰ってきて車に乗っても、気付かれない可能性が高いんじゃないか？
9:55AM Mar.18th

RED_STAR

TO:KATSURA　どうだろ、微妙だな〜。
9:57AM Mar.18th

RED_STAR

歩道を入って約10ｍのところに、広場あり。野外活動場っていうのか？　水場と火おこし場がある。ここで、カレーを作るもよし。右の階段から川辺に降りて、バーベキューをするもよし。山桜やつつじらしき木もあるし、あとひと月もすれば、きれいに咲きそうだ。
10:10AM Mar.18th

KATSURA

予想と違って、なんだか楽しそうなところじゃないか。
10:12AM Mar.18th

RED_STAR

TO:KATSURA　ここに来る前に、駅の観光窓口でパンフレットを見てみたが、多分ここが、この辺りで一番の休日レジャースポットだろう。遺体を発見したのは山菜採りにきた老夫婦らしいが、俺も今、足元につくしを発見。本でも読みながら、昼寝をしたい気分。
10:15AM Mar.18th

KATSURA

おいおい、レポート続けろ！
10:17AM Mar.18th

RED_STAR

被害者の会社でも、会社からここまで歩くっていうイベントが秋にあったらしい。最初からここに集合して遊べばいいのに、何時間も歩いてここまできて、疲れた体で何するんだ？
10:20AM Mar.18th

SACO

弁当食べて、ゲームして、解散！　歩かなきゃ、福利厚生費がでないの！！
10:23AM Mar.18th

RED_STAR

TO:SACO　おっと、見てたか。仕事中じゃないのか？
10:24AM Mar.18th

SACO

軽く休憩中、ってことで。
10:25AM Mar.18th

RED_STAR

TO:SACO　ゲームって何すんだ？
10:27AM Mar.18th

SACO

ジャンケンゲームと伝言ゲームと宝探し。ショボショボ……。
10:29AM Mar.18th

RED_STAR

TO:SACO　宝探しって、懐かしいな。小学生の頃、子ども会のキャンプでやって、３等賞のフリスビーをもらったが、おとなは何がもらえるんだ？
10:32AM Mar.18th

SACO

ほとんどが百均で買った生活用品。ちなみにわたしがゲットしたのは特大タッパー。カレーの作りおきには重宝してるけど、やっぱり１等賞のクリップが欲しかったな。
10:35AM Mar.18th

RED_STAR

TO:SACO　安っぽい１等賞だな。
10:36AM Mar.18th

SACO

No! No!　シルバー製のバイオリン形クリップなの！！　ってか、レンタカーでしぐれ谷行くなら報告してよ！！！　ついでに灯油買ってきて欲しかったのに！！！！
10:38AM Mar.18th

KATSURA

さっきから気になってんだけど、もしかして、事件関係者登場？
10:40AM Mar.18th

SACO

No! No!　もう消えま〜す！！
10:42AM Mar.18th

RED_STAR

ジャマものが消えたので、レポート続行。遺体発見現場にこれから向かう。雑木林は川の反対側、広場の左手。どこからでも入っていける。
10:45AM Mar.18th

RED_STAR

現場はどこだ？　けっこう歩いたな。おっと、テープを発見！　付近の木にも燃え跡あり。悲惨だなこれは……。ところで、来た方向はどっちだ？
11:00AM Mar.18th

KATSURA

もしかして、方向オンチ？
11:02AM Mar.18th

RED_STAR

おっ、駐車場が見える。なんだ、大回りしてきただけで、犯行現場は駐車場の脇からすぐ入ったところだったんじゃないか。
11:05AM Mar.18th

KATSURA

いったいどういうことだ？　詳しく、たのむ。
11:07AM Mar.18th

RED_STAR

TO:KATSURA　警察から聞き込みを受けたヤツらは、土地勘があって、「しぐれ谷の雑木林」と聞くと、駐車場から広場経由の時間を想定して、容疑者には時間が足りない、と判断しているのだろう。だが、駐車場から直線距離で考えると、可能じゃないか、と俺は思う。
11:12AM Mar.18th

KATSURA

だんだん、ミステリーっぽくなってきたな。名探偵、その勢いで犯人も当ててくれ。それから、俺も駐車場に目撃者なしに一票。白ゆき姫は黒こげ死体で発見されたんだよな。誰かいたら、火が上がってることに気付いて通報するだろ。
11:16AM Mar.18th

RED_STAR

TO:KATSURA　不倫カップルでも、火事はほうっておかないだろうからな。それにしても、どうして容疑者は火なんかつけたんだ？　時間もかかるし、目撃されるリスクも高くなるっていうのに。
11:18AM Mar.18th

KEROPPA

お久しぶりです！　現地入りされたんですね。火をつけたのは、容疑者が女だからでしょう。嫉妬に狂う女は昔から、とんでもないことをしでかしてますからね。
11:20AM Mar.18th

KATSURA

俺も激しく同意。ってか、そろそろ犯人公表してくれよ。
11:22AM Mar.18th

RED_STAR

まずは、取材。午後からは「容疑者をよく知る人たち」に話を聞く予定。待ち合わせ、12時に間に合うか？　とりあえず、しぐれ谷レポートは終了。
11:25AM Mar.18th

RED_STAR

間に合った、間に合った。居酒屋「水車小屋」で、昼飯を食いながら、かわいい女の子に話を聞く。女の言う「かわいい」は当てにならんが、どうかな？
11:58AM Mar.18th

KATSURA

昼飯レポートも、期待！
0:02PM Mar.18th

RED_STAR

一人目、終了。社内の情報通で、容疑者とかなり親しそうな人物だったが、いまいち信用できん。俺が誰と付き合ってるって？
1:10PM Mar.18th

KATSURA

おまえのことはいいから、事件の情報教えろ。
1:15PM Mar.18th

RED_STAR

容疑者はそれほど不細工ではない。お肌はすべすべ、白ゆき石けん効果か？　容疑者が淹れたお茶を、白ゆき姫に運ばせる会社の上司。しかし、容疑者は文句も悪口も言わなかった。
1:18PM Mar.18th

KEROPPA

これ、恨みが蓄積されていくでしょうね。ところで、もう、容疑者は女で確定していいんですね。
1:22PM Mar.18th

RED_STAR

TO:KEROPPA　同じ会社の女ってだけで、人物を特定できるわけじゃないから、ＯＫってことで。
1:24PM Mar.18th

RED_STAR

容疑者はせっせと豪華な弁当で餌付けした恋人を、白ゆき姫に横取りされた。その直後から、盗難事件が頻繁に起こり出す。容疑者は袋にわざわざ「毒入り」と書いたシュークリームを盗まれる。りんごじゃないぞ（笑）。
1:27PM Mar.18th

KATSURA

寒っ！！　だが、「毒入り」は偽装の臭いがプンプンするな。
1:30PM Mar.18th

RED_STAR

白ゆき姫はボールペンを盗まれるが、恋人からのプレゼントか？容疑者は最初からこのボールペンを盗むために、盗難事件を起こした疑いあり。さらに、殺人事件当夜、容疑者はボールペンをネタに白ゆき姫を自分の車に誘った可能性もあり。
1:34PM Mar.18th

RED_STAR

容疑者は白地に金色でＳと描かれたマグカップを会社で使っていた。それを白ゆき姫が教育担当の後輩にヒビを入れられてしまう。捨てきれず、キャンディ入れとして使い、半年経っても恨み言を口にするほど、大切なものだった。
1:37PM Mar.18th

KATSURA

Ｓって、容疑者のイニシャル？
1:40PM Mar.18th

RED_STAR

TO:KATSURA　名字はＳだが、三角関係の男の下の名前もＳ。そっちじゃないか？
1:42PM Mar.18th

RED_STAR

容疑者は別人になる瞬間あり。含み笑いをする。
1:45PM Mar.18th

RED_STAR

悪いのは各部署に同期の女子社員を二人ずつ配属し、何かと比べる、会社の制度。……こんなところか。「水車小屋」の日替わりランチ、とんかつ定食は可もなく不可もなく。付け合わせの冷奴と粕汁が美味かった。何もないが、水のきれいなところなんだろう。
1:50PM Mar.18th

RED_STAR

次は６時からＳと会う予定。乞うご期待！　それまでに、つけ麺レポート仕上げっかな。
1:52PM Mar.18th

KEROPPA

白ゆき姫さんを殺すときも、含み笑いをしていたんでしょうね。まさに、魔女のような女。警察に捕まる前にこっちで捕まえて、火あぶりにしてやりたいですよね。続報、期待しています。
1:55PM Mar.18th

KATSURA

「男のこだわり、この一杯」も楽しみにしてっからな。
1:57PM Mar.18th

HARUGOBAN

おまえ、『週刊英知』の記者だったのか。
2:00PM Mar.18th

RED_STAR

続報、短めに。Ｓは容疑者から弁当は受け取っていたが、付き合ってはいなかった。容疑者の一方的な思い込み。ポストの中にカレーのタッパーが入っていたことも。
8:00PM Mar.18th

KATSURA

ひぇ〜、ストーカーじゃないか。
8:03PM Mar.18th

RED_STAR

Ｓも盗難事件の犯人を容疑者だと考えている。容疑者には会社の冷蔵庫の中のものが、Ｓからのプレゼントに見えていた？
8:06PM Mar.18th

KEROPPA

完全に壊れてますね。
8:10PM Mar.18th

RED_STAR

Sは白ゆき姫と付き合っていた。が、白ゆき姫がバイオリニストと付き合うことになり、別れる。未練はあるが恨んではいない、らしい。バイオリニストが白ゆき姫を殺したのでは、とも疑うが、バイオリニストにはアリバイあり。
8:13PM Mar.18th

RED_STAR

容疑者を最後に目撃した人物も合流。白ゆき姫と容疑者から結婚祝いをもらう。白地に金色でト音記号とヘ音記号の描かれたペアカップ。
8:16PM Mar.18th

RED_STAR

容疑者は事前に、大阪行きの特急券を買っていた模様。生きてるのかな、とブラックな言葉で締めくくり、お疲れさん。ごま豆腐の揚げ出し、美味かったな。今日一番の収穫かも（笑）。
8:20PM Mar.18th

KATSURA

お疲れさん。
8:23PM Mar.18th

KEROPPA

お疲れ様でした！
8:25PM Mar.18th

MARURIN

こんばんは。しぐれ谷に行かれていたんですね。気づいたことが何点かありまして。
8:30PM Mar.18th

MARURIN

バイオリン形のクリップ、Sのマグカップ、ト音記号とへ音記号のマグカップ、全部、芹沢ブラザーズオリジナルグッズです。ボールペンもだし、もしかすると、容疑者さんも、芹沢ブラザーズのファンだったのかも、とぞっとしています。
8:32PM Mar.18th

MARURIN

それから、白ゆき姫さんがお付き合いをしていたバイオリニストって芹沢ブラザーズのどちらかってことになるんですか？　優也も雅也も、恋人は音楽の女神だけなので、たとえ美人の白ゆき姫さんでも、お付き合いをしていたということはあり得ません。しかも、殺人犯に疑われるなんて。
8:35PM Mar.18th

MARURIN

雅也は今、手のケガのせいで、バイオリニスト生命が絶たれてしまうかもしれないという苦境に立たされています。優也は雅也のために毎日祈りの曲を奏でています。そんな二人を追い詰めるようなデマは、わたしやファンが許さないことを、覚えておいてください。
8:38PM Mar.18th

RED_STAR

TO:MARURIN　ご心配なく。容疑者は確定されているので、芹沢ブラザーズに疑いが及ぶことはありません。白ゆき姫殺人事件の解決と芹沢ブラザーズの復活、どちらも一日も早く実現するといいですね。
8:42PM Mar.18th

SACO

なんで先に、ごま豆腐の揚げ出し食べてんのよ！　もうすぐ帰るから、食事の支度して待ってなさい！！
9:00PM Mar.18th

資料3

『週刊太陽』4月1日号（3月25日発売）
より抜粋

黒こげ死体の正体は白ゆき姫!?

恨みの果ての計画的な犯行であったのか、それとも、衝動的なものであったのか——。家族でバーベキューをしたあとは、子どもたちは川遊びに昆虫採集、大人たちは読書をしながら昼寝でも。そんな牧歌的な雰囲気の漂う、休日の憩いの場であるT県T市の「しぐれ谷」で起きた殺人事件は、地元住民たちを震撼させた。

今月7日未明、山菜採りに来ていた老夫婦が、しぐれ谷の広場から十分ほど入ったところにある雑木林の中で遺体を見つけ、警察に通報した。

発見された遺体は、刃物で十数か所刺され、灯油をかけて焼かれていた。

被害者は三木典子さん(25)。「これであなたも白ゆき肌」のCMでおなじみの化粧品会社に勤務していた典子さんは、看板に偽りなしと誰もが認める、白雪のような綺麗な肌をした美しい女性だった。

その典子さんがなぜ黒こげ死体で発見されることになったのか。

白ゆき姫を殺したのは白ゆき姫？

　会社で典子さんと親しかった人はこう話す。

「優しくて、後輩の面倒見がいい先輩でした。典子さんを恨む人がいるなんて考えられません。典子さんは容姿が美しいだけでなく、心もきれいな人だったんです」

　同性からも親しまれていた典子さんだが、必ずしも全員からというわけではない。

「わたしが典子さんを手放しで絶賛することができるのは、同じ年齢じゃないからだと思います。うちの会社は毎年、女性新人社員を各部署に二人ずつ配属するんですけど、その相手が典子さんだったら、何かにつけて比べられて、嫌だっただろうなって思います」

　典子さんと同期で同部署に配属された女性、Sさんは、実際に上司から差別的扱いを受けていたようだ。

「Sさんは地味でおとなしい人ですが、お茶を淹れるのがとても上手なんです。なのに、課長ときたら、外からお客様が来られると、Sさんにお茶を淹れさせておきながら、典子さんに運んでもらうように、って命令するんです」

　Sさんの不満はいかほどであったろうか。また、Sさんについてはこのような証言もある。

「Sさんは料理も上手で、それを活かして社内の男性と付き合うようになったんですけど、その男性が典子さんに心変わりして、振られちゃったんです。毎日、豪華なお弁当を作ってあげていたのに、結局、見た目なんですかね。Sさん、ものすごく落ち込んでいました。こちらも、何度か典子さんの悪口を聞かされて、苦労したんです」（同僚女性）

　だが、付き合っていたと思っていたのは、Sさんだけのようだ。

「一緒に残業をしたのがきっかけで、弁当の差し入れをしてもらうようになったんですけど、自宅のポス

トの中にまで届けられるようになって、正直、とても困りました。でも、断っても通じなくて。典子さんと付き合うことになったからと説明して、ようやく納得してもらえました。だけど、こんな言い方をしない方がよかったのかもしれない。典子さんとはすでに別れていましたが、Sさんがそれを知っていたかどうかはわからず、とても後悔しています」（同僚男性）

また、Sさんが失恋した直後から、社内で盗難事件が頻発するようになった。

「最初は給湯室の冷蔵庫に入れてあったイチゴとメロンと栗がのった生クリームのケーキです。誕生日会に欠席した人のために残しておいたものなんですけど、翌日、栗だけがお皿に残されていたんです」（同僚女性）

なんとも気味の悪いエピソードだ。

「それからも、冷蔵庫の中のデザートや、トイレの棚に入れていた生理用品、各自の机に入れている事務用品なんかも盗まれるようになったんです。ただ、どれも金額の安いものなので、警察に被害届は出していません。社内に心を病んだ人がいるんだなって、みんな、納得していたんだと思います」（同）

百円単位のものが盗まれる中、典子さんだけが高価なものを盗まれた。

「典子さんは、大好きなバイオリニストのオリジナルグッズである、五千円もするボールペンを盗まれたんです。思うに、これまでの盗難事件はこれを盗むために仕組まれたものだったのかもしれません。そして、このボールペンを使って、事件当夜、典子さんを呼び出したんじゃないでしょうか」（同）

会社に出入りする業者が、事件当夜、典子さんがSさんの車に乗っているのを見かけているが、これに関係するのだろうか。

同夜、駅前でSさんを見かけたという男性もいる。

「大きなカバンを両手に抱えて、髪を振り乱して、猛ダッシュしていました。しぐれ谷のイノシシか！　ってくらいに」

果たしてSさんはどこに向かったのか。Sさんは翌週明けから「母親が危篤」だと嘘をつき、会社を休んでいる。

ところで、このSさん、本名は「白雪姫」を連想させる名前なのである。

資料4

コミュニティサイト・マンマロー
赤星雄治のページ③

man-malo

~★★★ RED_STAR さんからのイマドキのメッセージを受け取ろう★★★~

RED_STAR

『週刊太陽』に俺が書いた記事が大好評。
11:30PM Mar.25th

KATSURA

久しぶり！　マンマるの待ってたぞ。『週刊太陽』読んだ。「白ゆき姫殺人事件」の記事だよな。グルメレポート以外もいけるじゃん。
11:34PM Mar.25th

RED_STAR

TO:KATSURA　「男のこだわり、この一杯」の編集者からも、報道ページをやってみないかと打診を受けた。大手出版社も、やっと俺の実力に気付いたようだな。
11:38PM Mar.25th

KATSURA

おいおい、調子に乗ってんな。でも確かに、容疑者をここまで絞り込んでる記事って、他の媒体でまだ見ないし、もしかして一番乗りじゃね？
11:42PM Mar.25th

RED_STAR

TO:KATSURA　いいところに気付いたな。報道記事は時間との勝負！　あんまりマンマってる余裕はないんだよな～。
11:45PM Mar.25th

KEROPPA

こんばんは、僕も読みましたよ。『週刊太陽』の記事、やっぱりRED_STARさんが書かれていたんですね。電車の吊り広告にも、見出しがドーンと大きく載ってました。これだけ事件の情報を先取りしていたら、もしかしてもう、白ゆき姫を殺した犯人の行方がわかってたりします？
11:50PM Mar.25th

RED_STAR

TO:KEROPPA　さすがに行方はまだわかってないが、俺の記事を読んだ人たちから、編集部に情報がどんどん寄せられてるよ。マン・フレのみんなにも教えたいところだが、『週刊太陽』の編集部からマンマるなって釘を刺されたから、詳しいことはまた、来週号で確認してくれ。
11:54PM Mar.25th

KEROPPA

ううっ、残念。来週号、絶対に買います！
11:56PM Mar.25th

RED_STAR

タダで情報を流せないのが、プロのつらいところだな。
11:58PM Mar.25th

HARUGOBAN

『週刊太陽』の記事の９割はデタラメ。そんなところに記事を載せたからといってプロ気取りとは……失笑。『週刊英知』の記者だと思っていたからこそ、数多くの問題発言も大目に見てやることにしていたが、もう遠慮はしない。これ以上、腐敗臭をまき散らすなら、叩き潰してやる。
0:20AM Mar.26th

RED_STAR

TO:HARUGOBAN　何様？
0:23AM Mar.26th

SACO

あんたって『週刊英知』の記者じゃなかったの？　『週刊太陽』を否定するつもりじゃないけど、なんだか裏切られた気分。記事も最悪。城野さんはすっかり容疑者扱い。今日なんて、会社は大変だったんだからね！　取材を受けたみんなからも責められるし、どうしてくれんのよ！

0:28AM Mar.26th

RED_STAR

TO:SACO　名前、出しちゃっていいの？

0:30AM Mar.26th

SACO

みんな知ってることでしょ。問題をすり替えないで。名指しで悪口を書いたメールやファクスが届いてるんだから。電話注文の窓口には「毒入り石けん、一つ」なんてふざけた電話がじゃんじゃんかかってくるし、全部、あんたのせい、責任取ってよ！

0:34AM Mar.26th

RED_STAR

うぜぇ……。

0:36AM Mar.26th

GREEN_RIVER

『週刊太陽』と「白ゆき姫殺人事件」を検索して、ここにやってきました。どうやら、週刊誌に記事を書かれた方のようですが、合っていらっしゃいますか？

0:40AM Mar.26th

RED_STAR

TO:GREEN_RIVER　合っていらっしゃいますよ。

0:42AM Mar.26th

GREEN_RIVER

少し上に「城野さん」と名前が出ていますが、週刊誌に「Sさん」と書かれている人の苗字ですか？
0:45AM Mar.26th

RED_STAR

TO:GREEN_RIVER　ご想像におまかせしますが……。
0:47AM Mar.26th

GREEN_RIVER

わたしは「Sさん」をよく知る者です。記事を拝読したところ、確かな証拠もなく、憶測だけで彼女が容疑者のように扱われているように感じました。このようなことが許されるのでしょうか？　こちらは、あなたを名誉毀損で訴えることも考えていますよ。
1:00AM Mar.26th

RED_STAR

いったい、今夜は何祭りなんだ……。俺は「白ゆき姫殺人事件」の被害者が勤務していた会社の人たちから話を聞いて、それを記事にまとめただけ。俺がわざと被害者の同期女性を容疑者だと思わせるような書き方をしたような言い草だが、そんなことをして俺に何の得がある？
1:15AM Mar.26th

RED_STAR

証言者たちが同期女性を犯人だと決めつける発言をしたから、俺の記事もそうなった。……ってどうして気付かないんだ？　記事の内容が気に入らずに責めるなら、俺じゃなくて、証言者たちの方だろう。アンダスタン？
1:19AM Mar.26th

SACO

ちょっと、ちょっと、ちょっと！　何、人のせいにしてんのよ！！　こっちはあんたに協力してあげたっていうのに。わたしは城野さんが犯人だなんて、断定してないからね。自分に後ろめたいところがないなら、誰がどう証言したのか、ちゃんとここに書きなさいよ。
1:23AM Mar.26th

RED_STAR

TO:SACO　取材元も証言内容も漏えいできない決まりになっているので、悪しからず。おまえも自分が証言したこと主張すんなよ。容疑者の擁護派に晒されるぞ。
1:26AM Mar.26th

SACO

何それ。わたしは城野さん擁護派よ！
1:28AM Mar.26th

RED_STAR

だいたい、俺なんかただの雇われライター。俺にケチつけても何も変わんねえよ。文句があるなら、容疑者の擁護サイトでも立ち上げて、そこで釈明するなり、手掛かりを集めるなり、励ましの言葉を書き込むなりすればいいじゃないか。そっちの方が容疑者も喜ぶんじゃねーの？　偽善者の皆さん！！
1:32AM Mar.26th

RED_STAR

俺の擁護派はいねーのか？　マンマロー・フレンドなんてそんなもん。もう、何にも教えてやんねえよ。
1:40AM Mar.26th

KATSURA

おい、待て。早まるな！　俺はおまえの味方だぞ！
1:45AM Mar.26th

KEROPPA

僕もですよ〜。
1:49AM Mar.26th

MARURIN

あれあれ？　なんだか、険悪ムードですね。どうしちゃったんですか？　せっかく、良いニュースをお伝えしにきたのに。
1:55AM Mar.26th

RED_STAR

TO:MARURIN　良いニュースって？
1:58AM Mar.26th

MARURIN

雅也のケガ、当初は絶望的だって言われてたのに、なんと！　奇跡的に回復しそうなんです！　しかも、年内には活動を再開できそうだなんて……。優也とわたしたちの祈りが天に通じたんでしょうね。
2:03AM Mar.26th

RED_STAR

くだらねえ……。
2:05AM Mar.26th

MARURIN

せっかく報告してあげたのに、失礼な人ですね。みなさんが腹を立てるのもわかりました。プンプン！！
2:08AM Mar.26th

RED_STAR

俺、マンマローやめるわ。じゃあな！
2:10AM Mar.26th

資料5

コミュニティサイト・マンマロー
緑川麻澄のページ①

man-malo

~★★★GREEN_RIVERさんからのイマドキのメッセージを受け取ろう★★★~

GREEN_RIVER

わたしの友人、城野美姫さんが『週刊太陽』で「しぐれ谷ＯＬ殺害事件」の容疑者として扱われています。しかし、城野さんは殺人なんてできるような人じゃありません。城野さんの容疑を晴らすため、事件の情報を集めています。些細なことでも構いません。ご協力、よろしくお願いします。
8:00PM Mar.27th

NORI-MI

呼びかけありがとう。私も今日、『週刊太陽』に抗議の手紙を送ったよ～。一緒に戦おうね！
8:05PM Mar.27th

GREEN_RIVER

TO:NORI-MI　直接手紙を送るなんてすご～い！　勇者、勇者！　わたしもがんばるぞ！
8:07PM Mar.27th

GREEN_RIVER

週刊誌を読まれていない方のために（あんな下劣なものにお金を払う必要はありません）、なぜ城野さんが疑われているのか、簡単にまとめて説明しますね。
8:10PM Mar.27th

GREEN_RIVER

「しぐれ谷ＯＬ殺害事件」の被害者、三木典子さんはＴ県にある「日の出化粧品」に勤務していました。そこの会社は毎年、各部署に新人女性社員を２名ずつ配属します。そして、三木典子さんと同じ部署に配属された同期女性が、城野美姫さんでした。
8:13PM Mar.27th

GREEN_RIVER

城野さんは社内の男性と付き合うようになりました。取材では、その男性は城野さんとの交際を否定していますが、付き合っていたのは事実です。しかし、その男性は城野さんと別れ、三木さんと付き合うことになりました。そのため、城野さんは三木さんを恨んでいたのではないかと誤解を受けたのです。
8:17PM Mar.27th

GREEN_RIVER

その他、容姿による上司からの差別的扱い、などが動機としてあげられていますが、城野さんはこんなくだらないことで人殺しをするような人ではありません。おまけに、交際していた男性は事件当時すでに三木さんとは別れていましたし、それほどかっこいい人でもありません。
8:22PM Mar.27th

MEDACA

王子を見たことあるの？　あ、すみません、この人、別サイトでは「王子」って呼ばれてるので。
8:25PM Mar.27th

GREEN_RIVER

TO:MEDACA　「王子」だなんて！　前歯にネギをつけたおっさんでしたよ～。
8:27PM Mar.27th

GREEN_RIVER

城野さんと「王子」が別れたあと、社内で盗難事件（ケーキの栗だけが残っていたという、くだらない内容です）が発生するようになり、これも殺人事件と結びつけられています。以上が、週刊誌のまとめです。こんなことだけで殺人事件の容疑者にされるなんておかしいと思いませんか？
8:32PM Mar.27th

NORI-MI

おかしい！　おかしい！
8:35PM Mar.27th

KATSURA

容疑者が事件後、「母親が危篤」だと嘘をついて会社を休んでる、ってのが抜けてるよ〜。ワザと？
8:38PM Mar.27th

GREEN_RIVER

TO:KATSURA　ご親切にどうも！　うっかり忘れてたんです。
8:40PM Mar.27th

GREEN_RIVER

気を取り直して行きましょう！
8:42PM Mar.27th

USAGISAN

Ｔ女子大学生活環境学部卒の城野美姫さんですか？
8:45PM Mar.27th

GREEN_RIVER

TO:USAGISAN　そうです。もしかして、あなたもＴ女子大学の卒業生ですか？
8:48PM Mar.27th

USAGISAN

Ｏ県立Ｆ高等学校卒の城野美姫さんですか？
8:52PM Mar.27th

GREEN_RIVER

TO:USAGISAN　多分、そうだと思いますが……。地元のお知り合いですか？
8:55PM Mar.27th

USAGISAN

F市立F中学校卒の城野美姫さんですか？
8:57PM Mar.27th

USAGISAN

F市立F小学校卒の城野美姫さんですか？
9:00PM Mar.27th

GREEN_RIVER

なんか、ちょっと違うんですけど……。
9:02PM Mar.27th

GREEN_RIVER

わたしが知りたいのは城野さんの無罪を証明する情報であり、個人情報ではありません。城野さんのことでなく、事件全般についてや、被害者の三木典子さんについても、よかったら教えてください。
9:05PM Mar.27th

PIANO_HIME

バイオリンの兄弟デュオ「芹沢ブラザーズ」のファンクラブ名簿に「シロノミキ」という名前があるのですが､ここで名前の挙がっている、城野美姫さんと同一人物でしょうか？
9:10PM Mar.27th

GREEN_RIVER

TO:PIANO_HIME　ファンクラブに入っていたかどうかは定かではありませんが、クラシックが好きなので、城野さんだという可能性は高いと思いますよ。
9:14PM Mar.27th

NORI-MI

ユーチューブで「芹沢ブラザーズ」見てきたよ。二人ともカッコいいけど、右側の茶髪の人の方が城野さん好みだと思いま〜す！
9:20PM Mar.27th

PIANO_HIME

弟の雅也の方ですね。
9:23PM Mar.27th

MEDACA

三木典子は他人の男を欲しがる、「欲しがり姫」。「王子」も同僚の恋人だったから手を出しただけ。手に入るとすぐにポイ。姫を殺したのは王子だったりして。
9:27PM Mar.27th

GREEN_RIVER

TO:MEDACA　わたしもそれは少し思ってました。
9:30PM Mar.27th

NORI-MI

私も、私も！
9:32PM Mar.27th

PIANO_HIME

わたしの推測を書かせてください。MEDACAさんのマンマローを読んで、もやもやと思い描いていたものがはっきりとした形を成しました。

9:38PM Mar.27th

PIANO_HIME

わたしは「芹沢ブラザーズ」のファンクラブの幹部会員です。ファンクラブのメンバーは皆、心から優也と雅也を愛していますが、二人の恋人は音楽の女神だけなので、恋愛関係を迫ることは禁止されています。ところが、昨年末から雅也に恋人ができたと噂されるようになったのです。

9:42PM Mar.27th

PIANO_HIME

幹部だけで極秘に調べたところ、相手は新規会員になったばかりの三木典子だということがわかりました。わたしたちは三木典子の住む町まで出かけ、彼女を呼び出し、雅也を愛しているのなら身を引いて欲しいと頼みました。

9:45PM Mar.27th

PIANO_HIME

三木典子は素直に「ルールを知らなくて申し訳ございませんでした」と言ってくれたので、わたしたちは安心し、噂もファンクラブ内でもみ消したのですが、なんと、関係は続いていたのです。しかも先月末には、雅也の口から「婚約」という言葉も出たのです……あぁ。

9:48PM Mar.27th

PIANO_HIME

わたしはどちらかといえば優也のファンなので、比較的落ち着いてその状況を受け止めることができましたが、雅也ファンの中には「婚約者を探し出して、殺してやる」と口にする子たちもたくさんいました。もしかすると、城野さんも同じ思いだったんじゃないでしょうか。

9:52PM Mar.27th

PIANO_HIME

しかも、三木典子が雅也に近付いたのは城野さんが雅也を愛していると知っていたからじゃないでしょうか。三木典子は同じ部署に配属された同期社員から愛する人を奪ってやりたかった。しかし、王子を奪ったのに城野さんはあまり落ち込んだ様子ではない。

9:56PM Mar.27th

PIANO_HIME

もしかすると、もっと愛している人がいるんじゃないか。調べてみると、それが「芹沢ブラザーズ」の雅也だとわかり、自分もファンクラブに入って雅也を奪った。城野さんが三木典子を殺害した動機は「王子を奪われたから」かもしれません。でも、真の王子は雅也だったのです。
10:00PM Mar.27th

PIANO_HIME

わたしはそんなことに雅也を利用した三木典子を、死んでいても許せません。悔しいけれど、雅也は三木典子を真剣に愛していました。現在、雅也はケガを理由に活動を休止しているけど、ケガはたいしたことなく、三木典子を失ったショックでバイオリンが弾けなくなっているんです。
10:03PM Mar.27th

PIANO_HIME

ファンがこの事実を知ると、きっと城野さんを神とあがめる子も出てくるでしょう。わたしですら、城野さんが逃亡生活を送っているのなら、かくまって差し上げたいと思っているくらいです。城野さんは法を犯すことをしましたが、それは正しい行為だったのです！！！
10:06PM Mar.27th

PIANO_HIME

長々とすみませんでした。わたしも城野さんを全力で応援させていただきますね！
10:08PM Mar.27th

GREEN_RIVER

TO:PIANO_HIME　貴重な情報、ありがとうございます。おかげでわたしにも事件の真相が見えてきました！
10:11PM Mar.27th

GREEN_RIVER

いや、待って……。ちょっとヘンじゃない？
10:15PM Mar.27th

資料6

『週刊太陽』4月8日号（4月1日発売）より抜粋

総力特集

「白ゆき姫殺人事件」の鍵は魔女の故郷にあった⁉

水のおいしい静かな町で、美人OL三木典子さん(25)が殺された「しぐれ谷OL殺害事件」。遺体が発見されたのは先月7日の早朝。世にも美しい白ゆき姫を殺したのは誰なのか? 大きな話題にはなるものの、未だに犯人逮捕に至っていない。しかし、本誌独自の取材により、とある田舎町に封印された恐ろしくも悲しい物語が見えてきた。

「これであなたも白ゆき肌」のCMでおなじみの、被害者が勤務していた会社の同僚たちの証言から容疑者として浮上した、同期入社の女性「Sさん」。彼女は事件後、「母親が危篤」と嘘をつき、姿を消している。はたしてSさんは今どこで何をしているのか。Sさんの交友関係を過去にさかのぼり探るため、O県F市を訪れた。

「テンちゃんスマイル」は呪いの合図?

Sさんを知る人たちは、最初はみな一様に「おとなしく、親切で、まじめな人」と三拍子揃った善人像を語るが、話に熱を帯びてくるうちにその姿は徐々に形を変えていく。

大学時代、Sさんと同じアパート

に住んでいた後藤典美さん（仮名）は本誌宛てに手紙を送り、Sさんのことをこう語った。

「アパートのみんなはSさんのことをテンちゃんと呼んでいました。体調を崩すと得意の料理を届けてくれる、天使のような存在ではありましたけど、呼び名の由来は、セックスは結婚するまでしてはいけないと思っている、今どきあり得ない天然記念物のテンちゃんです。でも、テンちゃんは同じ会社の男性、X氏とはそういう関係にあったそうです」

X氏とは、前号でSさんとの交際を否定した同じ会社の男性だと思われるが、足の中指と薬指のあいだを舐め合う、などといった特殊なプレイにも興じる仲だったそうだ。天然記念物のテンちゃん故に、結婚を考えていたからこそ、身を捧げたのかもしれない。

「テンちゃんには心から満足しているときに出る『テンちゃんスマイル』というのがあって、X氏とのことを話しているときに、その笑い声がこぼれてきたんです」

極上の「テンちゃんスマイル」を涙に変える原因となった三木典子さんを、Sさんはどのように思っていたのだろうか。

「テンちゃんは失恋を理由に人殺しをするような激しさを持ち合わせて

いません。テンちゃんはそういった場合、うちに籠もるタイプです」

後藤さんは親友として好意的な解釈をしているが、これはSさんの偽りの姿だったのではないか。どんなに巧妙に善人を演じても、たどってきた足跡を消すことは難しい。それどころか、Sさんの故郷の人たちは、事件の予見すらしていたのである。

「Sさんって、高3のクラスのいろいろランキングで『犯罪を起こしそうな人』第2位に選ばれたんです」

と当時の生徒会誌を見せてくれたのは、Sさんの高校時代の同級生、江崎幸子さん（仮名）だ。40人中13人の票がSさんに投じられている。クラスメイトの3分の1がSさんを選ぶには根拠があった。

「Sさんには『呪いの力』があるんです」

と語るのは、同じくSさんの高校時代の同級生、田島麻耶さん（仮名）だ。「呪いの力」とはまた、今の時代にまったくそぐわない言葉ではあるが、田島さんは真剣な面持ちでこう続けた。

「中2のときに、Sさんの頭に雑巾を載せて、Sさんを泣かせたサッカー部の男の子がいたんですけど、彼、1週間後に交通事故に遭って右足を骨折したんです。他にも、Sさんをイジメようと言いだした女の子が急に転校することになったり、授業中にSさんをさらしものにした先生が鬱病になって学校に来られなくなったりということもありました。高校では、球技大会のときに運動神経の悪いSさんを試合に出させないようにするために、体育館シューズを隠した女の子がいて、その後、ここでは言えないような悲惨な目に遭ってしまったんです」

Sさんをイジメた人物は必ず報復に遭うということか。しかし、偶然が重なったのでは？

「知らない人が事実だけ知ると、そう感じるかもしれません。でも、同じ中学だった子たちは実際に見ているんです。呪いの力が通じたときの、Sさんの笑顔を。わたしも見たことありますけど、してやったりといった満足感に溢れた無気味な表情でした。あれを見れば、二度とSさんに逆らおうという気にはならず、刃物を使う調理実習などでは、仕切りたがるSさんの命令をおとなしく聞いていました」

この笑顔とはまさに「テンちゃんスマイル」のことではないだろうか。笑いの陰にはイジメによる辛い過去

が生んだ「呪いの力」が隠されているということになるが、一部では「呪いの力」を否定する声もある。

　前述の右足を骨折した同級生、江藤慎吾さんは将来、プロとしての活躍を期待される有能なサッカー少年だった。

「呪いの力なんてあるはずがありません。Sさんが直接僕の自転車のブレーキを外したんです」

　常識的に考えればそれが正しいのだろう。だが、夢を絶たれてからも

サッカーを続ける江藤さんは、スポーツマンシップに則った言葉を続ける。
「僕はSさんを恨んではいません。むしろ、Sさんの心の闇を作ってしまったのは、僕かもしれないと悔やんでいます。だから、Sさんが『しぐれ谷OL殺害事件』の容疑者だったとして、行方不明になっているSさんを見つけても、通報はしないかもしれません。同様に、地元で誰かがかくまっているかもしれませんね」
　江藤さんのヒントをもとに、Sさんの足取りを調べるため、故郷である山あいの田舎町「N沢地区」へと向かった。

「呪いの儀式」と「明神さまの祟り」

　レモンの木が香るゆるやかな山の麓から町の中心を流れる川の東側の一帯が「N沢地区」と呼ばれ、Sさんは生まれてから高校を卒業するまでの18年間をここで過ごした。同じ地区の者のことなら何でも知っていると自信を持って語る「N沢地区」の住民たちは、Sさんについて、初めは会社の同僚たちのように「おとなしくて、頭が良くて、まじめな子」と好印象を述べていたが、「しぐれ谷OL殺害事件」について訊ねると、過去の忌まわしい出来事を遠慮がちに口にした。

　レモン栽培農家の老人は火にまつわるエピソードを思い出した。

「Mちゃん（＝Sさん）は小学生の頃、大変なことをしでかしてしまったんです。明神さまの祠の裏で火遊びをして、祠は全焼、火は周囲の木々にも燃え移り、あわや大惨事となりかけたことがあったんです。『しぐれ谷OL殺害事件』も死体が燃やされている。あの子が人殺しをするとは考えられないが、まったく無関係とは言い切れないのではないか。明神さまはこの辺りの守り神。もしかすると、このたびの事件は、祠を燃やした祟りかもしれない」

また、火事を発見し、消火活動に携わった主婦はこう語る。

「明神さまの火事に気付いて向かう途中、ニヤニヤと笑いながら歩いているMちゃんとすれ違いました。近所の人たちとバケツリレーで消火活動をしていた際、私は一番前にいたのですが、火の粉に交じって紙で作った人がたが飛んできたんです。そのうえ、出火場所となった祠の裏の焼却炉からは黒く焦げた裁縫用のまち針が50本くらいも出てきたそうで、もしかするとMちゃんは呪いの儀式をしていたのではないでしょうか」

またしても出てきた「呪い」という言葉。しかし、小学生がいったい誰を呪うというのだろう。

「出火場所から近いところにMちゃんが使ったと思われるスナックのマッチが落ちていました。当時、Mちゃんの父親はそのスナックに勤める女性と浮気をしていて、奥さんが包丁を持って乗り込んだこともあり、家庭内はそうとうギクシャクしていたみたいですよ。それに心を痛めたMちゃんは人がたをスナックの女に見立てたんじゃないでしょうか。呪いの儀式と言えば残酷に聞こえますが、逆に無力な子どもだからこそ、あれが精一杯の行動だったのかもしれません。そう思って、わたしはMちゃんに同情し、警察にこのことを黙っていたのですが、その時ちゃんと話していれば、『しぐれ谷OL殺害事件』は起こらなかったのではないかと、心から悔やんでいます」

呪いの儀式が行われたのは事実のようである。しかし、目的は別にあったと証言する人もいる。Sさんと同い年の幼なじみ、谷町夕布子さん（仮名）だ。

「呪いの儀式を提案したのはMちゃんで、わたしはそれを無理矢理手伝わされました。目的はクラスメイトにイジメをやめさせるためです」

ここで、呪いの儀式の手順を書いておこう。

1．白い紙で15センチの人がたを呪いたい人数分作り、頭部に一人ずつの名前を記入する。

2．人がたの左胸に心臓を描き、黒く塗りつぶす。

3．呪文を唱えながら、心臓部に針を刺しこむ。針の数が多いほど効果は大きい。

4．人がたに針を刺したまま、人目につかない場所で燃やす。

以上であるが、何かを彷彿させないだろうか。

「Mちゃんとわたしはクラスメイト全員と担任の人がたを作って、まち針を刺し、明神さまの祠の裏で燃やしました。そのせいで火事が起こりそれ以来、わたしはMちゃんと交流を断ちました。でも、『しぐれ谷OL殺害事件』のことを知り、まっさきにMちゃんのことを思い出しました。三木典子さんの殺され方が呪いの儀式のまんまだったからです」

実際に儀式を行った本人が言うのだから間違いない。

「もし、三木典子さんを殺したのがMちゃんだったとしたら、わたしのように手伝わされた人がいるのではないでしょうか」

と谷町さんは共犯者の存在を匂わせる発言をした。過去の事件における、食いちがう動機。今回の事件にも恋人を取られた恨み、上司から差別的扱いを受けた恨みだけではなく、隠された真の動機があるのかもしれない。なぜ、あのような悲劇がもたらされたのか。

呪われた家系と「白ゆき」の因縁

Sさんの家系は戦前からこのN沢地区に根付いている。地元の古老が言う。

「Mちゃんの父親はS家の分家の三男ですが、その根源となる本家にも、人を殺めたのではないかと疑われる人物がいるのです」

事件は50年以上昔にさかのぼる。

「S家の長男に嫁いだCさんは同じN沢地区に住む、サエコさん（仮名）とわたしと仲良くしていました。Cさんは顔が美しいとは言い難い人でしたが、料理が得意なのを見初められ、三人の中では一番先に結婚したのです。しかし、ほどなくして旦那がサエコさんと浮気をしていること

が発覚しました。サエコさんはN沢小町と呼ばれるくらい器量のいい女でした」

　これもまた、このたびの事件を彷彿させる内容である。

「旦那と親友が浮気をしているというのに、Cさんは表立って騒ぎ立てるということはなく、そのうち旦那とサエコさんは別れました。しかし、その直後にサエコさんは亡くなりました。肺炎が原因とされていますが実はCさんがサエコさんへの差し入れの料理に少しずつ毒を盛っていたのです。これを知っているのはわたしだけです。わたしはCさんが恐ろしくて警察に言うことができなかったのです」

　古老はなぜ言えなかったのか。

「サエコさんのお葬式の帰りに、Cさんは笑っていたんです。まるで、妖術でも使えるかのような無気味な顔をして」

　妖術と呪い。まさに、呪われた家系としか言いようがない。では、そんなSさんについて、両親はどのように感じているのか。

　箒を振り上げ、罵声を浴びせながら本誌記者を追い返そうとした、「N沢の鬼嫁」と名高いSさんの母親だったが、父親の冷静な取りなしにより、取材に応じてもらえることになった。

「親の私が言うのもなんですが、Mは心根の優しい、おとなしい娘です。反抗期らしいものもなく、逆に私たちの方が、もっと自己主張してもよいのにと歯がゆく思ったこともあるくらいです」

　父親もこれまでの人たちと同様に、わが娘の人柄を語った。

「事件について、私どもには思い当たることが本当に何もないんです。娘が『母親が危篤』だと嘘をついてどこかに行ってしまったことは事実です。会社からも確認の電話がありましたし、警察からも話を聞かれました。だからといって、娘を人殺しに結びつけることができないんです」

　必死に娘をかばう父親であったが、火事のことについて訊ねた途端、口を閉ざした。

「火事にはなったけど、放火をしたわけではありません。火遊びなんて誰でも一度はしたことがあるでしょう。火事が人殺しと結びつけられるのなら、世の中の人たち全員が犯罪者予備群だわ」

　と開き直る母親だったが、Sさんが呪いの儀式に用いたスナックの

マッチについて訊ねると、顔色が変わった。実はスナックの名前は「しらゆき」だったのだ。

「殺された三木典子さんは夫が浮気をしていたスナック『しらゆき』の女にそっくりでした！」

衝撃的な事実の発覚だが、Sさんは父親の浮気相手と顔がそっくりな同僚と3年間も何事もなく一緒に過ごしてきたことになる。その間に少しずつ恨みは蓄積していったのか、それとも、突然、臨界点を超えさせる他の要因があったのか。

「石けんの名前のせいだと思います」

母親が断言した。爆発的な人気を誇る「白ゆき」石けんだが、この名前になったのはつい1年ほど前のことで、それまでは「はごろも」という名前で売られていたのだ。

「石けんの名前が変わったせいで、Mはスナック『しらゆき』の女を思い出して、三木典子さんに似ていることに気付き、恨みを募らせていったんです。そんな状態で、恋人を横取りされたり、上司から理不尽な目に遭わされたりしたのでは、たとえあの子でも、歯止めがきかなくなってしまうんじゃないでしょうか」

娘の心の闇の正体を知った父親は、土下座をして、涙ながらにこう訴えた。

「申し訳ございません。娘が人殺しをしたのは私のせいだ。責めるなら私を責めてくれ。どうか、どうか、かわいそうな娘を許してやってください」

N沢地区を真っ赤なりんごのような夕日が照らしていた。

桜満開！恋の桜も10連発!!!

春の到来とともに、芸能界でもお泊まり愛が続々発覚！

エピソード1 『J-Girl』黒崎ユリの献身愛

毎月20万部発行される人気女性ファッション誌『J-Girl』のナンバーワンモデル、黒崎ユリ(20)のお泊まり愛が発覚した。お相手はクラシック界のニュー貴公子と名高い、バイオリンの兄弟デュオ「芹沢ブラザーズ」の弟、芹沢雅也(23)だ。二人の出会いは1年前、『J-Girl』春の新作コレクションのBGMを一部バイオリンの生演奏で行い、それを「芹沢ブラザーズ」が担当したことがきっかけになったようなのだ。出会った直後から交際は始まっていたと言われるが、互いに売り出し中のため、二人の関係は隠し通されていた。しかし、先月末から芹沢雅也のマンションに黒崎が出入りしているところが頻繁に目撃されるようになり、双方の事務所に問い合わせたところ、交際を認めたのである。

黒崎側の関係者によると、「以前から、芹沢雅也さんとはお兄さんの優也さんや友人を交えての食事などはしていましたが、交際に発展したのはつい最近のことです。コンサートの初日にケガをして心身ともにダメージを受けていた雅也さんを、ユリが励まし続けていたことが、きっかけになったようです。雅也さんも来月から復帰できるようですし、ユリも女優としてこの秋公開の映画『黄昏のソナタ』に出演するこ

とが決まりましたので、ファンの皆様には二人を温かく見守っていただければと思います」

黒崎の役どころは「尽くす女」だというが、イメージとは真逆の彼女がどのように演じるのか楽しみだ。

また、芹沢雅也側の関係者によると、

「雅也はこの先の方向性に迷っている時期に突然のケガに見舞われ、メンタル的にかなりまいってしまい、一時は引退もほのめかしていたのですが、ユリさんの献身的なサポートのおかげで、ケガも回復しましたし、新しい方向性も見えてきたようで、今は作曲活動に専念しています。ユリさんは日本人離れした美貌とは裏腹に、とても家庭的で料理上手。そういう一面がわかったことから、食事友だちから真剣交際へと発展したんじゃないでしょうか。コンサートに来てくださったお客さまとぶつかり、階段から転落して生じてしまったケガなので、ファンの方々にご心配をおかけしましたが、こちらとしては感謝を申し上げたい気持ちでいます」

これぞ、災い転じて福となす、いや、ケガの功名か⁉

「ユリさんが出演する映画のテーマ曲も『芹沢ブラザーズ』が担当することが決まりましたので、近いうちに、これまでにない情熱的な曲をお届けできるのではないかと思います」

黒崎ユリに捧げる愛のソナタ、今から楽しみだ。

283　**週刊太陽**　4月8日号

資料7

「毎朝新聞」朝刊より抜粋

13版　社会　26

会社の同僚女性関与か　県警

しぐれ谷OL殺害事件

先月7日に遺体が発見されたT県T市の会社員三木典子さん㉕殺害事件で、T県警は31日、三木さんの同僚女性が事件に関与した疑いが強まったとして、容疑が固まり次第、逮捕状を請求する予定。

県警によると、二人が勤務する日の出化粧品社内で、今年1月ごろから同社の人気商品「白ゆき」（化粧石けん）が商品管理倉庫から頻繁に盗まれていることに気付いた同社が、2月末に極秘で倉庫にビデオカメラを設置したところ、複数回にわたり、女性社員が同商品を無断で持ち出す姿が映っていた。転売などの確認はとれておらず、女性社員を窃盗の容疑で調べていたところ、三木さん殺害事件に関与している疑いも深まり、捜査を進めていた。

また、三木さんがインターネットの人気コミュニティサイト・マンマロー上で、女性社員の窃盗をほのめかす書き込みをしていたことがわかり、殺害事件に関係があるのではないかとみて調べている。

（毎朝新聞　4月2日）

毎　　朝

人気商品着服で女性社員を逮捕

窃盗容疑

日の出化粧品から同社の人気商品「白ゆき」（化粧石けん）の盗難被害届を受け、T県警捜査三課とT署は2日、窃盗の疑いで同社社員狩野里沙子容疑者(23)を逮捕した。

狩野容疑者は会社の商品管理倉庫から、今年1月から7回にわたり、20個入りの「白ゆき」の箱を無断で持ち帰ったことを認め、「会社で自分の能力を認めてもらえず、ストレスがたまっていた。初めは、無防備に放置されているものを盗まれて大げさに騒ぎたてる同僚たちを見ていると、ストレスが解消されていたが、だんだんとそれだけでは物足りなくなり、会社の人気商品に手を出すようになった。転売目的ではなく、盗んだ商品を手元に置き、『白ゆき』が手に入らないというネットの書き込みを見ているだけで満足だった」と供述。

また、同県警捜査一課は、先月7日に遺体で発見された、同じ会社に勤務していた三木典子さん(25)殺害事件についても、狩野容疑者から事情を聴く。

（毎朝新聞　4月3日）

25　社会　13版

狩野容疑者

事件当夜に不審な行動

県警は当初から疑問視

T県T市の会社員三木典子さん(25)殺害事件で6日、窃盗の疑いで逮捕されていた狩野里沙子容疑者(23)が三木さん殺害を認める供述を始めた。T県警では裏付け捜査を進めている。

三木さんは3月4日夜、会社の送別会があった居酒屋を出たあと行方不明になり、3日後の同7日朝、居酒屋から北東に約16キロ離れたしぐれ谷の雑木林の中で遺体となって発見された。遺体は刃物で十数カ所刺され、全身を焼かれていた。

同5日の早朝、T署交通課によって撤去された、駅前に乗り捨てられていた軽自動車内から、三木さんの財布が見つかり、県警は車の持ち主について調べていたが、車の運転席付近に、会社内で窃盗の疑いがあった狩野容疑者の指紋が多数確認できたため、狩野容疑者の身辺を調べたところ、自宅マンション周辺住民から、事件当夜、狩野容疑者が車に女性を乗せて出かけたとの目撃情報があり、捜査が大きく展開した。

マンションの床下から犯行に用いたとみられる包丁や灯油タンク、血のついたダウンコートが見つかったことから、狩野容疑者を追及したところ三木さん殺害を認める供述を始めたが、犯行の動機などはまだわかっていない。

（毎朝新聞　4月7日）

（第３種郵便物認可）

「告発が怖かった」

狩野容疑者　とっさの犯行か

T市の会社員三木典子さん(25)殺害事件で、殺人と死体遺棄容疑を認めている会社員狩野里沙子容疑者(23)＝窃盗容疑で逮捕＝が「しぐれ谷に三木さんを連れていき、包丁で十数カ所刺したあと、灯油をかけて焼いた」と供述していることが９日、捜査関係者への取材でわかった。

狩野容疑者は３月４日深夜、会社の送別会の３次会を終えて帰宅したところ、マンションの駐車場に放置された軽自動車の中で三木さんが眠っているのを見つけた。「社内での盗難の告発を何度かほのめかされていた。会社をクビになり居場所を失うのが怖かった。三木さんが乗った車がどうしてこんなところにあるのかわからなかった。車の後部座席に満タンの灯油タンクが置かれているのに目が留まり、阻止できるのは今しかないと思った」と狩野容疑者は三木さんを人目につかない場所で殺して遺体を燃やしてしまおうと、マンションの部屋から包丁とライターを持ち出し、しぐれ谷に向かった。「到着しても寝ていた三木さんを雑木林まで背負っていき、包丁で刺したあと、車から灯油を持ってきて、火をつけた。マンションに戻り服を着替えたあと、車を駅に乗り捨て、歩いて帰宅した」と供述。

狩野容疑者は就職を機にT市に移り住んで１年だったが、会社の行事でしぐれ谷を訪れたことがあったため、県警捜査一課は殺害現場に土地勘があったとみている。

三木さんを乗せた車が狩野容疑者のマンションの駐車場に停めてあったことについては、車の持ち主であり、二人と同じ会社に勤務する女性に詳しく話を聞いている。

（毎朝新聞　4月10日）

「自慢の親友でした」
悲しみに暮れる三木さんの友人ら

「来月、結婚式に出席してくれるはずだったのに…」。狩野里沙子容疑者(23)が三木典子さん(25)殺害を認めたことを知り、三木さんの友人らは怒りに震えた。

　高校時代の友人の女性は、5月に行われる自らの結婚式に三木さんを招待し、友人代表のスピーチを依頼した。「あなたのすてきなところをいっぱいアピールするからね」と三木さんは笑顔で引き受けたという。「三木さんは努力を認めてくれる人でした。正義感が強く、努力しない人には厳しいところもあったけど、三木さん自身、いつも輝ける自分でいるために人一倍努力をしていたので、私は彼女を尊敬していたし、自慢の親友でした」と女性は涙を浮かべる。

　大学時代の友人の女性は、卒業後も三木さんと一緒にコンサートなどに通う仲だった。「三木さんは美しいものが好きで、最近はクラシックにはまっている様子でした。一度のめり込むととことん追求する性格で、遠方でのコンサートにもマメに通い、特別なファンクラブ会員になれたと喜んでいました。すばらしい音楽をもっと聴きたかったでしょうに…」と悔しそうに唇をかみしめた。

　また、三木さんと狩野容疑者の二人を知る同じ会社の女性は、「とても仲のよい先輩後輩だと思っていたので信じられません」と話し、「狩野容疑者は疑いの目を自分からそらすために、事件について知人の週刊誌記者に、社内の別の女性に疑いを持たせるような話し方をしたそうですし、私もまるでその人が犯人だと確定したことが前提のような取材を受けました。でも、そうしたことがかえって彼女が疑われる原因になったなんて…」と複雑な心境をあらわにしていた。


（毎朝新聞　4月10日）

資料 8

『週刊太陽』4 月 15 日号（4 月 8 日発売）より抜粋

ついに「白ゆき姫殺人事件」、魔女の正体が明らかに！

先月7日、T県の田舎町にある、しぐれ谷で発見された黒こげ死体の正体が白ゆき肌の美女だったことから、全国に白ゆき姫旋風を巻き起こした三木典子さん(25)。われらの白ゆき姫を殺害した魔女がついに逮捕された。

本誌も魔女の標的に

魔女の正体は、狩野里沙子容疑者(23)。三木さんと同じく、「これであなたも白ゆき肌」のCMでおなじみの株式会社日の出化粧品に昨年入社したばかりのOLだ。同社は新人社員に1年間、2期上の社員を教育係としてつける「パートナー制」を導入しているが、なんと、狩野容疑者のパートナーが三木さん

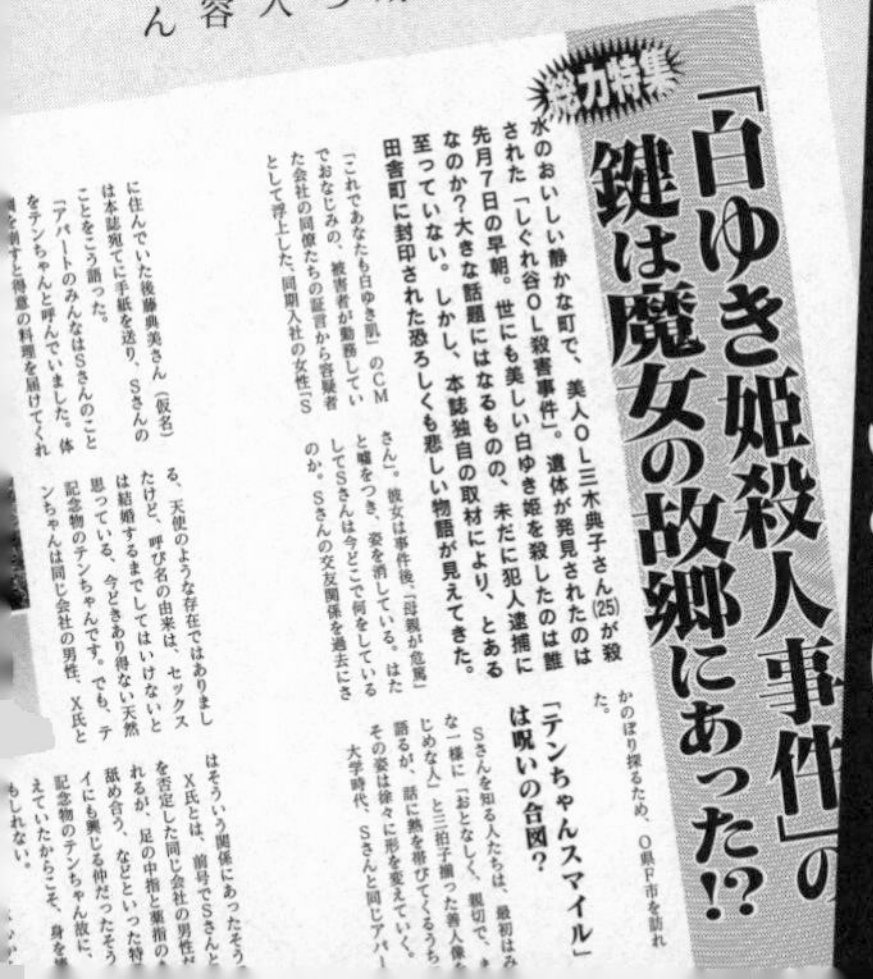
総力特集

「白ゆき姫殺人事件」の鍵は魔女の故郷にあった!?

水のおいしい静かな町で、美人OL三木典子さん(25)が殺された「しぐれ谷OL殺害事件」。遺体が発見されたのは先月7日の早朝。世にも美しい白ゆき姫を殺したのは誰なのか？大きな話題にはなるものの、未だに犯人逮捕に至っていない。しかし、本誌独自の取材により、とある田舎町に封印された恐ろしくも悲しい物語が見えてきた。

「これであなたも白ゆき肌」のCMでおなじみの、被害者が勤務していた会社の同僚たちの証言から容疑者として浮上した、同期入社の女性「Sさん」。彼女は事件後、「母親が危篤」と嘘をつき、姿を消している。はたしてSさんは今どこで何をしているのか。Sさんの交友関係を過去にさかのぼり探るため、O県F市を訪れた。

「テンちゃんスマイル」は呪いの合図？

Sさんを知る人たちは、最初はみな一様に「おとなしく、親切で、ま
じめな人」と三拍子揃った善人像を
語るが、話に熱を帯びてくるうち、その姿は徐々に形を変えていく。
大学時代、Sさんと同じアパー
ートに住んでいた後藤典美さん（仮名）は本誌宛てに手紙を送り、Sさんのことをこう語った。

「アパートのみんなはSさんのことをテンちゃんと呼んでいました。体
を崩すと得意の料理を届けてくれる、天使のような存在ではありましたけど、呼び名の由来は、セックスは結婚するまでしてはいけないと思っている、今どきあり得ない天然記念物のテンちゃんです。でも、テンちゃんは同じ会社の男性、X氏と

はそういう関係にあったそう
X氏とは、前号でSさんと
を否定した同じ会社の男性
れるが、足の中指と薬指の
舐め合う、などといった特
イにも興じる仲だったそう
記念物のテンちゃん故に、
えていたからこそ、身を
もしれない。

で、三木さんは狩野容疑者に手とり足とり仕事を教えていたのだ。狩野容疑者は周囲に三木さんのことを「あこがれの先輩」と語っていたそうだが、いったい2人の間に何が起きたのか。

一説によると、社内で頻発していた盗難事件の犯人が狩野容疑者で、それに気付いた三木さんは口封じのために殺されたと言われているが、果たして動機はそれだけなのだろうか。三木さんの美貌は関係なかったのだろうか。

写真で見る狩野容疑者は「学生時代はソフトボール部でキャッチャーをしていました」という経歴が似合いそうな、男まさりのさっぱりとした性格のように見えるが、実は恐ろしい魔性の女だったのだ。そして、本誌はまさに、魔性の女に利用された、三木さんに続く第2の犠牲者であるとも言える。

三木さんを殺害した狩野容疑者は、捜査の目を他に逸らすため、高校時代の同級生であるフリーの週刊誌記者に連絡をとり、あたかも犯人は三木さんと同期入社の女性社員であるかのように記者を誘導する発言をしたのだ。

自分の身を守るために、1年間親身になって指導をしてくれた先輩を殺害し、週刊誌を利用して無関係の同僚を陥れる。近年これほどまでに身勝手でしたたかな犯罪者がいただろうか。まさに「平成の魔女」である。

平成の白ゆき姫は王子の口づけによって生き返ることはない。しかし、本誌は魔女のりんごを食べさせられた仲間として、三木さんの無念を晴らすためにも、魔女の正体を徹底的にあばいていく心構えである。

メディアすら陥れようとした魔女の暴挙

極上の「テンち
涙に変える原因とな
んを、Sさんはどの
たのだろうか。
「テンちゃんは失恋
をするような激し

＊4月1日号、4月8日号の特集記事において、一部誤解を招く表現がありました。なお、記事を担当した本誌契約記者は今月1日付で契約無効となったため、本誌はいっさいの責任を負いかねます。

資料9

コミュニティサイト・マンマロー
緑川麻澄のページ②

man-malo

～★★★GREEN_RIVERさんからのイマドキのメッセージを受け取ろう★★★～

GREEN_RIVER

『週刊太陽』４月８日号、最悪……。
2:30PM Apr.1st

NORI-MI

全部デマだから、絶対に信じないで！
2:44PM Apr.1st

GREEN_RIVER

TO:NORI-MI　「テンちゃんスマイル」なんてでっちあげで思いつく言葉じゃないでしょ。何、情報提供しているの？　特殊なプレイとか、恥ずかしげもなくよくそんなこと言えたわね。
3:05PM Apr.1st

NORI-MI

「テンちゃんスマイル」はテンちゃんの人柄の良さを伝えるために書いたことだし、特殊なプレイなんて、絶対、絶対、絶対に書いてない。お願い、信じて！
3:13PM Apr.1st

GREEN_RIVER

TO:NORI-MI　信じたいとは思うけど……。じゃあ、お父さんが土下座して謝ったっていうのもデマだと思う？
3:20PM Apr.1st

NORI-MI

いくら『週刊太陽』でも、１００パーセントの嘘は書けないと思うんだよね。お父さん、頭を下げるくらいのことはしたのかもしれない。もしかして、テンちゃん、本当に……。
3:27PM Apr.1st

GREEN_RIVER

TO:NORI-MI ちょっと待って、おかしいことに気付いたから。
3:30PM Apr.1st

GREEN_RIVER

「芹沢ブラザーズ」ファンの方の推測によると、城野さんが三木典子を殺害していた場合、「三木典子に雅也を奪われたから」という動機が考えられるとのことでしたが、『週刊太陽』４月８日号、２８２ページに、雅也とモデルの黒崎ユリの熱愛記事が載っています。
3:35PM Apr.1st

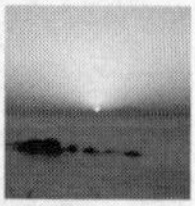

GREEN_RIVER

この記事が事実だとすれば、三木典子が雅也と付き合っていたことの方がデマで、城野さんが三木典子を恨む理由はなくなります。
3:40PM Apr.1st

NORI-MI

なるほど！
3:45PM Apr.1st

PIANO_HIME

ファンサイトが大荒れで、白ゆき姫殺人事件にかかわってるヒマはないけど、わたしの推理が否定されてるので、手短に反論させてもらいます。雅也と黒崎ユリのこと、ファンクラブの幹部会員ですら誰一人知らなかったことですが、まぎれもない事実です。
4:50PM Apr.1st

PIANO_HIME

三木典子は黒崎ユリと背格好や雰囲気が似ていることから、ダミーとして利用されていたというのが、現時点でのファンクラブとしての見解です。そのため、城野さんもわたしたちと同じように、雅也の恋人が三木典子であると誤解していたと考えられます。
4:55PM Apr.1st

PIANO_HIME

殺害の動機としては十分じゃないでしょうか。
5:00PM Apr.1st

GREEN_RIVER

残念……。
5:05PM Apr.1st

KATSURA

これ、城野美姫のブログじゃね？　「白ゆきＯＬのハッピーライフ」、読めば犯人確定！　http://sirayukihpl/blog/~
5:18PM Apr.1st

GREEN_RIVER

信じられない。
5:25PM Apr.1st

NORI-MI

テンちゃん、ケーキ食べたんだ。お茶のことも根に持ってるし……。
5:32PM Apr.1st

GREEN_RIVER

TO:NORI-MI　テンちゃんのブログと確定したわけじゃないでしょ。
5:40PM Apr.1st

KATSURA

美しい友情ゴッコじゃ、もう、かばいきれねえっしょ。
5:45PM Apr.1st

GREEN_RIVER

今すぐ、ニュースを見てください。三木典子を殺害した容疑者が特定されました。狩野里沙子。城野美姫さんの無実が証明されました！！
6:15PM Apr.1st

NORI-MI

ヤッター！！！！！！！！
6:20PM Apr.1st

KATSURA

ブログは狩野里沙子のだったのか？　会社で「白ゆき」作ってるから白ゆき姫、ってのはわかるが、女はみんな、お姫さまになりたいのかねえ。
6:27PM Apr.1st

GREEN_RIVER

TO:KATSURA　あなたのように、事件をただおもしろがっているだけの人には、被害者の気持ちも、加害者の気持ちも、事件に巻き込まれた人の気持ちも、一生わからないのでしょうね。
6:40PM Apr.1st

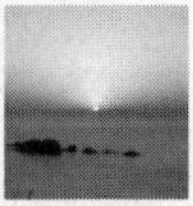

GREEN_RIVER

信じていた通り、城野美姫さんは人殺しなんかじゃなかった。わたしは『週刊太陽』に抗議声明を出します。賛同していただける方は、ぜひご協力ください。
7:00PM Apr.1st

NORI-MI

もちろん、協力するよ～。まずは、勝利宣言だよね！
7:05PM Apr.1st

HARUGOBAN

素人が週刊誌と戦ってものらりくらりとかわされて、時間と労力が無駄になるだけ。それよりも、嘘っぱちの記事を書いた記者に制裁を加えてやれば？　名前は赤星雄治。メールアドレスはred-star@＊＊＊.ne.jp。ケータイ番号は090-＊＊＊＊-＊＊＊＊。小心者だから、お手柔らかに。
8:00PM Apr.1st

HARUGOBAN

『週刊英知』に抗議文送って、「男のこだわり、この一杯」から降ろしてやると、ダメージ強いかも。ついでに、マンマローネーム・SACOって、狩野里沙子のことじゃねえの？
8:05PM Apr.1st

GREEN_RIVER

TO:HARUGOBAN　貴重な情報、ありがとうございます。
8:10PM Apr.1st

GREEN_RIVER

無実の罪に陥れられた城野美姫さんのために、皆さん、戦いましょう！
8:15PM Apr.1st

資料10

狩野里沙子のブログ「白ゆきOLのハッピーライフ」より抜粋

man-malo blog

♥白ゆきＯＬのハッピーライフ♥

by SHIRAYUKI

呪い　5.13　00:12

わたしの隣には、どうしていつもあの女がいるのだろう。

朝から晩まで、わたしの瞳は鏡のように、ずっとあの女の姿を映しだす。

――鏡よ鏡、世界で一番美しいのはだあれ？

そんな呪いを悪い魔女にかけられているに違いない、きっと。

とはいえ、仕事に顔は関係ない。わたしの方が彼女より何倍も優れている。

だから、明日も元気にがんばろう！　……呪いを解く呪文だ。

コメント（0）　拍手する

お姫さま　6.3　23:48

ハッピーなことをたくさん書こうと決めて始めたブログなのに、ストレス発散の場になりつつあるのが、またストレス。人気商品を扱っているのだから、仕事が忙しいのは仕方ないけど。

今日は、課長にムカついた。

大事な取引先のお客さまには、お姫さまにお茶を持っていかせろ、なんて。

お客のおじさまたちは嬉しいだろうけど、それなら、淹れるとこからお姫さまにさせろ！　と怒鳴りつけてやりたくなる。

いや、ムカつくのはお姫さまの方か。当然みたいな顔して「わかりましたぁ」なんて気持ち悪い声で返事をしているのだから。

わたしは最近、あの女を心の中で「お姫さま」と呼ぶようになった。彼女のマンマローネームが「SHIRAYUKI-HIME」だということを知ったから。

わたしのブログ名にも「白ゆき」とついているけれど、姫をつけるほど、あつかましくはない。たとえ美人でも、自分でそんな名前をつけるなんて、バカじゃないの？　実際、バカだけど。

なのに、他人のアラ探しばかり。

白雪姫になりたいのなら、毒りんごを食べて死んでしまえ！　なんて言えたら、一気にストレス解消できるのに。

コメント（0）　拍手する

ケーキ泥棒　9.10　00：04

今朝、出社すると、冷蔵庫に昨日の誕生日会のケーキが残っていた。

出張が長引いたため、あきらめて直帰したのに、ちゃんとわたしのを残してくれていたなんて。おまけに、イチゴの横にメロンと栗まで載せてくれていた。

わたしが栗好きなことを、誰かが憶えていてくれたのかもしれない。

嬉しくなって、さっそく食べていたら、廊下から声が聞こえてきた。

「○○さーん、昨日の誕生日ケーキ、冷蔵庫に入れてるから」

わたしのじゃなかったの？　おもわず栗を吐きだして、お皿を冷蔵庫に入れてしまった。そのまま、逃走。

悪気があったわけじゃない。わたしの他にも誕生日会に出られなかった人がいたことを知らなかっただけなのに、部署内では大騒ぎ。

犯人探しが始まった。

ごめんなさいとは思うけど、ケーキくらいでバカみたい。

コメント（0）　拍手する

白ゆき　12.2　22：38

うちの「白ゆき」が人気商品なのはわかっていたけど、ネットオークションに出品されているのを見て、びっくりした。

一個、一万円？　正気だろうか、と目を疑う。

普通に買うと、三千円。わたしが買うと、九百円。

世の中の女たちは、そんなにも「白ゆき」が欲しいのか。品切れ続きなのが、なんだか申し訳ない。わたしのせいではないけれど。

確かに、「白ゆき」はとても優秀な製品だ。お肌ツルツル、冬場も乾燥知らず。今年の冬は特に寒い。自信を持って知り合いに勧めることもできる。

だけど、これは許せない。

「あなた、白ゆき、ちゃんと使ってる？」

お姫さまからのお言葉だ。

――鏡よ、鏡。世界で一番性悪な女はだあれ？　はい、それは白雪姫です。

バカか、わたしは。

明日は倉庫当番だ。早く寝て、体力をつけておこう。

コメント（0）　拍手する

犯人　2.24　01:55

「犯人、わかっちゃった」

　お姫さまが、今日、わたしに言った。

「何のことですか？」と訊ねたら、「あなたには関係ないわ」とどこかに行った。

　ホッと胸をなで下ろしつつ、そろそろ潮時か、と自分に反省する。それなのに……。

『犯人、わかっちゃった』

　お姫さまが、さっき、マンマローでつぶやいていた。会社で言ってたのと同じだけど、マンマローには続きがあった。

『どのタイミングでバラしてやろう。今すぐしても、わたしにメリットは何もない。古い会社はまだ学歴社会。国公立大出の彼女はわたしよりも早く上に行く。たいして仕事もできないくせに。彼女に指示されるなんて、まっぴら』

　まさか、お姫さまがこんなことを気にしていたなんて。ホント、負けず嫌いだ。だから、社内でわたしの悪口を言いふらしていたのかと、少し優越感すら抱いてしまう。

　だけど、こんな悠長なことを書いている場合ではない。

『だから、そのときにバラしてやろう。泥棒は彼女だって』

　絶対に、阻止しなければ。でも、どうやって？

コメント（0）　拍手する

白ゆき姫　3.8　03:57

　白ゆき姫はもういない。

　真っ赤な血はリンゴ色。真っ赤な炎もリンゴ色。リンゴは転がる森いっぱいに。

　リンゴを見て思い知る。わたしはこんなに彼女を憎んでいたのかと。

　わたしは自分に問いかける。

　あんたは自分を守りたかった。それなら、リンゴは一個でよかったはずなのでは？

　だけどそれは、仕方ない。わたしは臆病者だから。

　鏡よ鏡、わたしはこれからどうすりゃいい？

　答えは簡単、呪文を唱えるだけでいい。

それが真実になるまで、ずっと、ずっと……。

わたしは白ゆき姫が大好きだった。わたしは白ゆき姫を尊敬していた。わたしは白ゆき姫にあこがれていた。わたしは白ゆき姫を失って、胸が千切れるほど悲しい。わたしはわたしから白ゆき姫を奪ったヤツを、絶対に許さない。

心の準備は整った。さあ、王子様に電話をかけよう。
この白ゆき姫を救ってくれと。

コメント（0）　拍手する

powered by man-malo

解説

中村義洋

実をいえば、湊かなえさんの『白ゆき姫殺人事件』の映画化の話が来たとき、僕はミステリーとは全く関係のない映画を撮っている最中で、すぐには頭の切り替えができなかった。つまり原作を読むときも、まったくミステリー頭ではなかったということだ。しかし、読み終わった途端、「これはいける」と確信した。この作品そのものの面白さもあったが、それよりもこれを書いた湊さんという作家を信用できると思ったのだ。普通のミステリーのオチの納得感ではこんな気持ちにはならなかっただろう。そんな「なるほどね」感を越えた、すごい納得感が「いける」という確信を生んだのだ。

それまで湊さんの作品を読んだことがなかった僕は、他の作品も手当たり次第に読み始め、ああ、この作者はやっぱり信用できる人だという思いを深めた。

うーん、そこを書くか……。そうか、そこをそう書くか。そう何度も唸《うな》った。唸ったところはすべて人の気持ちのありようについて書かれたところだった。何かあったら俺もこうなるよな、こういう気持ちになっちゃうよなという部分にすべて納得がいく。

湊さんの作品は、犯人を含め様々な周辺人物の証言や独白で構成されているものが多いが、『白ゆき姫殺人事件』は、その人の話や情報がいかに不確かで、自覚のない悪意に満ちたものかという怖さを描いたものだと思う。それは普段、誰もがやっていることで、特別なことでも何でもない。その自覚のなさが、人を追い詰め、殺人事件にまで至る悲劇を生み出す。その過程を、一人一人の嘘か本当かわからない証言の中で作者は見事に描き切って、俺たちの前にポンと出して見せた。

物語は、『週刊太陽』の取材記者・赤星雄治が、美人ＯＬ三木典子が殺された直後に姿を消した容疑者・城野美姫の同僚や幼馴染み、家族への取材を重ねていく、その証言構成で進んでいくわけだが、まず僕が感心したのは人々が取材されるときの「話を盛っちゃう感」のリアリティーである。

赤星という男は、取材が下手なのか、リアクションに乏しいのか、とても相手から首尾よく話を引き出せるタイプではない。すると取材相手がどうなるかといえば、赤星のリアクションを引き出そうと、「そーいえばこんなこともあんなことも」と、あることないことビミョーに話を盛り始めるのだ。その無自覚な話の盛り方、増幅のさせ方が、ものすごく「こういうのってあるよな」という既視感を伴って迫ってくる。

かく言う自分も、取材を受けたり、誰かと話したりしているとき、「あ、盛り始めた、俺」という瞬間がある。ほんの少し話を大きくしたり、広げたりしていくうちに、どん

どん話が増幅して真実とはかけ離れていく。ワイドショーや週刊誌が好むのは、その増幅されたほうの話だから、人々の関心を引くようにさらに盛った編集を加えていけば、真実など遠くに掻き消えてしまう。映画を作るときの肝は、この既視感だと直感した。

そしてもう一つ、課題は、綾野剛君の演じた赤星雄治というジャーナリストの薄っぺらさをどう出すか。いま、ジャーナリストと言ってみたけれど、原作を読んだ時の赤星の人物像の印象は、「なんてコイツは、浅はかな人間なんだ」だった。少しでもジャーナリスト魂のある人間なら、自分の仕事に向き合う矜持《きょうじ》ってものがあるはずだし、それがあれば実際に起きた事件を取材する過程で、犯人と目される城野美姫側に立って考えてみる、そして彼女の痛みを想像してみるってことが、あってしかるべきだろう。それがこの赤星という人物にはこれっぽっちも感じられない。

こいつが何のために仕事をしているかといえば、自分のためでしかない。優先順位はいつも自分が一番ってやつ。今こういうやつ多いよね。俺ね、こういうやつ、大嫌いなの。と、読者にここまで感情移入させちゃうのも湊さんのうまさではあるんだけど。

とにかく自分大好きで、すぐ自分が出てくる若者が俺は大嫌いなのである。映画屋さんの中にもいるんだよ、そういうのが。自分がどう評価されるかばっかりが先で、作品は二の次っていうのが。あなたが一番大事にするべきは作品でしょう、そのように仕事をしてくれと俺は言いたいのです。

恥ずかしながら、助監督時代、僕自身がそういう人間だった。評価されたいという気持ちばかりがすごく強かったので、赤星の考えていることは実は手に取るようにわかる。でも、僕は早いうちに、師匠の崔洋一監督に、その評価されたいという自己顕示欲をぶっ壊された。現場では下手な自己顕示欲を出そうものなら必然的にぶっ飛ばされる。作品か仕事かという以前に、監督である俺を第一に思え、お前じゃない、俺のために働けということを徹底的に叩きこまれた。そのおかげで僕は、かろうじて自分第一主義の赤星のような人間にならないですんだのである。

しかし、今のネット社会は、赤星のような人間を量産しているといっていい。自分の気持ちばかりが大事で、他人の気持ちに想像力が及ばない。

僕が映画作りで一番大事にしたいと考えたのが、原作を最初に読んだ時の読後感だった。湊さんがお話をポンと読者に投げて、そこから先は考えてと物語の行く末を渡す。僕としてはそれを渡された読者として、そしてさらに今度はこの作品の映画の作り手として、湊さんが書かなかった物語の先をちょっと考えてみたくなった。

で、赤星ってどういうやつなんだろうなと想像してみた。考えているうちに、ふっと原作にはなかったあることが思い浮かんだ。原作で、城野美姫の同級生の谷村夕子に取材したときに、夕子が赤星に対して「自分の目の前五センチくらいのところしか見えてねえもんな」と言うシーンがある。うん、そうだろうな。赤星っていう男は、これだけ

城野美姫のことを取材したり聞いたりしているけど、何にも見ちゃいねえし、聞いちゃいねえ。ひょっとすると、赤星は城野美姫に生で会っても本人だとわからないんじゃないか。そう確信めいた感じで思ったのだ。

その考えをプロデューサーチームに話すと、「いくらなんでも会えば分かるだろう」という意見もあって賛否両論だったが、いやそこがわからないんですよと僕はゴリ押しした。なぜかそこは譲れない気がしたからだ。城野美姫とすれ違っても気づかない赤星を撮ることで、目の前五センチしか見えてない薄っぺらな人間性を映像の中に見せたかったのだ。

もう一つ、原作になかったシーンを入れさせてもらった。原作を読んで映画を見ていただいた方は気づいたと思うが、映画の最終場面で、小学生の頃にアンとダイアナと呼び合っていた城野美姫と谷村夕子が、何百メートルも離れた実家の窓越しに、ろうそくに手をかざして灯りを明滅させながら互いの思いを交換し合う場面である。

原作を読んだとき、美姫と夕子の関係性の中で出てくる『赤毛のアン』という物語に、人の想像力や人間の関係性を考えるうえで、大事にしたいと思っている作者の眼差しを感じた。それでプロデューサーチームと『赤毛のアン』を読み込んで勉強してみて、あのシーンにたどり着いたのだ。厳密に言えば原作になかったシーンではない。原作の先にあった作者の眼差しを追いかけた末に行きついたシーンと言ったほうが正確だろう。

あのシーンは、ツイッターやフェイスブックでつぶやき合う関係性の対極にあるものとして使ってみた。ネットでばんばんコミュニケーションし合えてるって本当か？　自分大好きの人間が本当に他人と心を通い合わせることってあるのか？　話を盛るために、平気で他人を傷つけ、裏切ってんじゃねえのか？

もちろん湊さんの原作にはそんな説教めいたくだりは一言もない。むしろ殺伐とした人間関係と暴走する噂話の結末を淡々と描き切っている。だからこそ怖い。ネット社会にも、ワイドショーや週刊誌の類にもそうした無自覚の悪意がべったりとはびこっている。その荒涼とした景色に、もう一人の作者として、ほんの少しだけ、原作者も多分見えているであろう、こうあってほしいという風景を映像で入れてみた。それを希望や救いと捉えるか、一過性の慰みと取るかは観る人の自由である。

解説から読む人もいそうだし、ネタバレになるので、詳しいことは言えないが、この映画の原作権をぜひとも欲しいと思った大きな理由は、犯人の意外性である。大抵のミステリーは、中盤くらいまでに大体の犯人の予想はつく。最後まで犯人が分からなかったミステリーはそう何作もないが、『白ゆき姫殺人事件』はそのうちの堂々たる一本である。本当に最後の最後まで分からなかった。そして犯人像が明らかになった時のあの武者震いが出るほどの納得感。やられたと思った。

ここまで共感できた小説を映画に撮れる僕は本当に幸せである。逆に言えば、そこま

で共感できない作品は引き受けない。原作者への共感が欠けた作品を映像化してもだれも幸せにならないからだ。その意味でこの湊作品に出会えたことは、僕の映画人生の中で希有な幸運だったと思う。

（なかむら・よしひろ　映画監督）

この作品は二〇一二年七月、集英社より刊行されました。

初出

第一章　同僚Ⅰ　「小説すばる」二〇一一年五月号
第二章　同僚Ⅱ　「小説すばる」二〇一一年七月号
第三章　同級生　「小説すばる」二〇一一年九月号
第四章　地元住民　「小説すばる」二〇一一年一一月号
第五章　当事者　「小説すばる」二〇一二年一月号

「しぐれ谷ＯＬ殺害事件」関連資料
二〇一一年五月〜二〇一二年一月、集英社ＷＥＢ文芸
「レンザブロー」に掲載。

取材協力　宮内千和子
本文デザイン　芥　陽子

集英社文庫　目録（日本文学）

集英社文庫 目録（日本文学）

宮尾登美子　岩伍覚え書
宮尾登美子　影絵
宮尾登美子　朱夏(上)(下)
宮尾登美子　天涯の花
宮木あや子　雨の塔
宮木あや子　太陽の庭
宮城谷昌光　青雲はるかに(上)(下)
宮子あずさ　看護婦だからできること
宮子あずさ　看護婦だからできることⅡ
宮子あずさ　老親《ろうしん》の看《み》かた、私の老い方
宮子あずさ　ナースな言葉　こっそり教える看護の極意
宮子あずさ　ナース主義！
宮子あずさ　卵の腕まくり　看護婦だからできることⅢ
宮里洸　人斬り弥介秘録　幽鬼
宮里洸　人斬り弥介秘録　鬼神
宮里洸　人斬り弥介秘録　沈む町

宮里洸　人斬り弥介秘録　茜雪《あかねゆき》
宮里洸　決定版・真田十勇士　霧隠才蔵
宮沢賢治　銀河鉄道の夜
宮沢賢治　注文の多い料理店
宮下奈都　太陽のパスタ、豆のスープ
宮嶋康彦　さくら路《みち》
宮田珠己　ジェットコースターにもほどがある
宮田珠己　だいたい四国八十八ヶ所
宮部みゆき　地下街の雨
宮部みゆき　R.P.G.
宮本輝　焚火の終わり(上)(下)
宮本昌孝　藩校早春賦
宮本昌孝　夏雲あがれ(上)(下)
宮本昌孝　みならい忍法帖　入門篇
宮本昌孝　みならい忍法帖　応用篇
宮脇俊三　鉄道旅行のたのしみ

三好徹　貴族の娘
三好徹　興亡三国志（全5巻）
三好徹　妖婦の伝説
武者小路実篤　友情・初恋
村上龍　だいじょうぶマイ・フレンド
村上龍　テニスボーイの憂鬱(上)(下)
村上龍　ニューヨーク・シティ・マラソン
村上龍　村上龍料理小説集
村上龍　ラッフルズホテル
村上龍　すべての男は消耗品である
村上龍　コックサッカーブルース
村上龍　龍言飛語
村上龍　エクスタシー
村上龍　昭和歌謡大全集
村上龍　KYOKO
村上龍　はじめての夜　二度目の夜　最後の夜

集英社文庫　目録（日本文学）

集英社文庫　目録（日本文学）

集英社文庫　目録（日本文学）

森村誠一　路《みち》
森村誠一　壁の目　新・文学賞殺人事件《ファントム》
森村誠一　黒い墜落機
森村誠一　死海の伏流
森村誠一　終着駅
森村誠一　腐蝕花壇
森村誠一　山の屍
森村誠一　砂の碑銘
森村誠一　悪しき星座
森村誠一　黒い神《み》座《くら》
森村誠一　ガラスの恋人
諸田玲子　月を吐く
諸田玲子　髭麻呂　王朝捕物控え
諸田玲子　恋縫
諸田玲子　おんな泉岳寺
諸田玲子　狸穴《まみあな》あいあい坂

諸田玲子　炎天の雪(上)(下)
安田依央　たぶらかし
柳広司　贋作『坊っちゃん』殺人事件
柳澤桂子　愛をこめいのち見つめて
柳澤桂子　意識の進化とDNA
柳澤桂子　生命《いのち》の不思議
柳澤桂子　ヒトゲノムとあなた
柳澤桂子　すべてのいのちが愛《いと》おしい　生命科学者から孫へのメッセージ
柳澤桂子　永遠のなかに生きる
柳田国男　遠野物語
柳瀬義男　ヘボ医のつぶやき
矢野隆　蛇衆
矢野隆　慶長風雲録
矢野隆　斗《とう》棋《ぎ》
山川方夫　夏の葬列
山川方夫　安南の王子

山口百恵　蒼い時
山口洋子　この人と暮らせたら
山口洋子　なぜその人を好きになるか
山口洋子　愛をめぐる冒険
山崎ナオコーラ　「ジューシー」ってなんですか？
山崎洋子　横浜幻燈館　俥屋おりん事件帳
山崎洋子　柘《ざく》榴《ろ》館《やかた》
山崎洋子　ヨコハマB級ラビリンス
山田詠美　熱帯安楽椅子
山田詠美　メイク・ミー・シック
山田かまち　17歳のポケット
山田正紀　少女と武者人形
山田正紀　超・博物誌
山田正紀　渋谷《シブヤン》一夜物語《ナイト》
山中伸弥　畑中正一　iPS細胞ができた！　ひろがる人類の夢
山前譲・編　文豪の探偵小説

集英社文庫　目録（日本文学）

山前譲・編　文豪のミステリー小説
山村美紗　京都紅葉寺殺人事件
山本一力　銭売り賽蔵《さいぞう》
山本兼一　雷神の筒
山本兼一　ジパング島発見記
山本兼一　命もいらず名もいらず(上)幕末篇
山本兼一　命もいらず名もいらず(下)明治篇
山本文緒　あなたには帰る家がある
山本文緒　きらきら星をあげよう
山本文緒　ぼくのパジャマでおやすみ
山本文緒　おひさまのブランケット
山本文緒　シュガーレス・ラヴ
山本文緒　野菜スープに愛をこめて
山本文緒　まぶしくて見えない
山本文緒　落花流水
山本幸久　笑う招き猫

山本幸久　はなうた日和
山本幸久　男は敵、女はもっと敵
山本幸久　美晴さんランナウェイ
山本幸久　床屋さんへちょっと
唯川恵　さよならをするために
唯川恵　彼女は恋を我慢できない
唯川恵　OL10年やりました
唯川恵　シフォンの風
唯川恵　キスよりもせつなく
唯川恵　ロンリー・コンプレックス
唯川恵　彼の隣りの席
唯川恵　ただそれだけの片想い
唯川恵　孤独で優しい夜
唯川恵　恋人はいつも不在
唯川恵　あなたへの日々
唯川恵　シングル・ブルー

唯川恵　愛しても届かない
唯川恵　イブの憂鬱
唯川恵　めまい
唯川恵　病む月
唯川恵　明日はじめる恋のために
唯川恵　海色の午後
唯川恵　肩ごしの恋人
唯川恵　ベター・ハーフ
唯川恵　今夜 誰のとなりで眠る
唯川恵　愛には少し足りない
唯川恵　彼女の嫌いな彼女
唯川恵　愛に似たもの
唯川恵　瑠璃でもなく、玻璃でもなく
唯川恵　今夜は心だけ抱いて
唯川恵　天に堕ちる
夢枕獏　神々の山嶺《いただき》(上)(下)

集英社文庫

白《しら》ゆき姫《ひめ》殺《さつ》人《じん》事《じ》件《けん》

2014年2月25日 第1刷
2014年3月30日 第4刷

定価はカバーに表示してあります。

著 者 湊《みなと》 かなえ

発行者 加藤 潤

発行所 株式会社 集英社
東京都千代田区一ツ橋2-5-10 〒101-8050
電話 03-3230-6095（編集部）
03-3230-6393（販売部）
03-3230-6080（読者係）

印 刷 凸版印刷株式会社

製 本 凸版印刷株式会社

フォーマットデザイン アリヤマデザインストア

マークデザイン 居山浩二

ISBN978-4-08-745158-0 C0193